……いつまで遊んでいるの？
ふざけないで、男子
（家に帰ったら……
もう少し攻めた服にしようかな？）
地味で…生女子。
人と接するのが苦手なのに、
文化祭のコスプレ喫茶で
メイドに……
【朗報】
俺の許嫁になった地味子、家では可愛いしかない。3

「結花は変わったね……綺麗になった……とても」
綿苗勇海【わたなえ・いさみ】
結花の妹。姉のことを誰よりも慕っているが、結花にはそっけない態度を取られている。外では男装コスプレが趣味のイケメン女子だけど、家のなかでは……
綿苗結花（家）
遊一のことが大好きな許嫁。突然やってきた妹に振り回され、今回は可愛い素顔と、意外な一面が……!?

「お義兄さぁぁぁん……なんという優しさ。結花が本気で好きになる気持ちが、とっても分かります」
佐方遊一
［さかた・ゆういち］
2次元にしか興味がなかった高校2年生。許嫁・結花の妹に初対面！　だけど、なぜかめちゃくちゃ懐かれて!?

「こんなにたくさんの人が来て、ブース
の人たちは一生懸命作品を創ってて
……本当に、すごいなぁ。
私も、もっとレベルアップしなきゃ！」

・夏のイベントで……

……けっ。なんであたしが、こんな格好？　こういうの似合わないんだけど、マジで
ちょっ!?　離せし、離せし！　ってか結花ちゃん、手が変なとこに当たってる!!
そんなことないよ、すっごく可愛いっ！　……えへへっ。うにゃー！　ねずみの那由ちゃん、食べちゃうぞぉー？

……くー
那由ちゃん、騒ぎ疲れて寝ちゃったかな？　ふふっ……可愛い妹が増えたみたいで、なんか幸せだなぁ♪

むにゅ……お義姉ちゃぁん……

——!!　か、可愛……っ！　もぉー……大好きー！　那由ちゃーん!!

……えっと。何やってんの、二人とも？

「……どう、かな？

似合ってますか？

ご、ご主人様っ♪」

『ご主人様』……は勘弁してくれ。夫としては……似合ってると思うよ
あーあ、さすがに兄さんも悩殺だね。あたし、ちょっと外出てるから、2人でイチャつけし。けっ

【朗報】俺の許嫁になった地味子、家では可愛いしかない。3

氷高 悠

ファンタジア文庫

3125

口絵・本文イラスト　たん旦

c o n t e n t s

第1話　【定期】俺の許嫁《いいなずけ》がやたら甘えてくるんだけど、どう思う？

夏の一大イベント――夏祭りが終わって。

疲れのせいか爆睡してしまったらしく……目を覚ましたときには、カーテンの隙間から強い日差しが差し込んでいた。

「……ん？　今、何時だ？」

枕元の目覚まし時計を見る。

げっ……もう十一時か。

ゆっくりと上体を起こし、布団《ふとん》から出ようとしたところで、俺は――。

自分の腰元にぴっとりと抱きついて眠ってる、許嫁の存在に気付いた。

「ゆ、結花《ゆうか》？　ちょっ……」

「……むにゅー。ゆーくーん……」

ぐいっと俺の身体《からだ》に顔を埋《うず》めて、許嫁――綿苗《わたなえ》結花は、なんかむにゃむにゃ言ってる。

慌てて少し身を離すと、結花は口元をへにゃっと緩めて、幸せそうに寝ていた。

部屋着の水色ワンピースに掛かった、さらさらの黒髪ロング。

くりっとした瞳を縁取るまつ毛は、びっくりするほど長い。

結花の目って、外で眼鏡をしてるとつり目っぽいのに、家で眼鏡を外してると垂れ目っぽく見えるんだよなぁ……不思議。

「うー……うー……」

とかなんとか考えてると、結花がなんだか眉をひそめて、うなされはじめた。

「遊《ゆう》くー……いないー……うー」

なんか俺の名前を口にしながら、首を振って泣きそうな顔になる。

さすがに悪夢を見てるのは可哀想《かわいそう》なので、結花に身を寄せた。

「……えへー。ゆーくーん……」

急にご機嫌が戻った。

結花は寝てても分かりやすいな。

特に関わりのないクラスメートだった俺と結花は、父親同士が勝手に決めた『結婚』で許嫁関係になり……同棲《どうせい》生活をはじめた。

荷物が届くまでは那由《なゆ》の部屋を貸してたけど、今では親父《おやじ》の部屋を結花の部屋として使ってもらってる。

那由と親父なら、親父の方が滅多に帰ってこないしな。

そんな感じで、二階にお互い部屋があるんだけど。

寝るときはなんか、必ず結花が俺の部屋に来て、一緒に寝ることになってる。

雷を怖がった結花が、一緒に寝てって、お願いしてきたのがきっかけで――いつの間にかそれが毎日の習慣になってしまった。

もちろん、布団は少し離して敷いてるけどな。

じゃないと、俺の心臓がもたないから。

なので……この状況は、完全に結花の寝相の問題なんだけど。

「にゃうー……遊くーん……」

「ちょっ⁉　結花⁉」

なんの夢を見てるのか、急に大きく手を広げた結花は――そのまま俺にギュッと抱きついてきた。

その勢いで再び、布団に寝転んでしまう俺。

俺のアゴあたりに、結花の頭が当たってる。

なんだか髪の毛から、甘い香りが漂ってくる。

まずい……精神を持っていかれてしまう……。

俺はギュッと目を瞑《つぶ》り、身体が変な反応をしないよう、必死に別のことを考える。


――中三の冬。


仲の良かった女子に手痛くフラれ、翌日にはその噂《うわさ》がクラス中に広まってたショックで……俺は一週間くらい、学校に行かず引きこもった。

そんなとき出逢《であ》ったのが、大手企業が運営するソシャゲ『ラブアイドルドリーム！ アリスステージ☆』。

百人近い『アリスアイドル』と呼ばれるキャラにはフルボイス実装。

ゲーム内イベントも、リアルでのイベントも、目白押し。

そんな『アリステ』に存在するアリスアイドルの中でも――ひときわ輝いて見える、俺の女神にして天使にして、世界のすべて。

そう、それが——ゆうなちゃん。
頭頂部で結われた茶色いツインテール。ピンクが基調のガーリッシュな格好。
背は低くて童顔だけど、胸はびっくりするくらい大きい。
そして、くりっと大きな瞳で俺のことを見て。
可愛《かわい》い口を開いて……ゆうなちゃんは言うんだ。

『ゆうながずーっと、そばにいるよ！　だーかーら……一緒に笑お？』

——ああ、駄目だ。
気を逸《そ》らそうと思って、ゆうなちゃんのことを考えはじめたのに。
ゆうなちゃんと結花の声が重なってきて……余計に変な気持ちになってくる。
この状況で、ゆうなちゃんを思い浮かべて気を逸らすのは、さすがに無理があったわ。
なんたって、綿苗結花は——和泉《いずみ》ゆうな。
ゆうなちゃんの、声優なんだから。
「……遊くん、あったかーい……」

ギューッと俺に抱きついたまま、結花はやたら流暢《りゅうちょう》な寝言を漏らす。

地味でお堅いクラスメート——綿苗結花で。

俺の推し、ゆうなちゃんの声優——和泉ゆうなで。

家ではただの——天然で無邪気な、かまってちゃん。

色んな顔を持つ許嫁との毎日は、退屈しないいし、思っていたより楽しいんだけど。

……こういうシチュエーションは、心臓に悪いから勘弁してほしい。マジで。

「おーい、結花。そろそろ起きよう？」

「むにゃ……頭が寒いにゃあ……」

「頭が寒い？」

「すやぁ……なんか、頭の上に乗ってないにゃあ……」

こ、こういうことかな？

俺はそっと結花の頭に手を乗せてみる。

「それにゃあ……」

そう呟《つぶや》くと、結花は俺の手の下でぐりぐりと、左右に頭を動かしはじめる。

なにこれ。セルフなでなで？

「すやぁ……お腹《なか》と背中も寒いにゃあ……」

「お腹と背中？」

「すやぁ……なんか、ぎゅーが足りないにゃあ……」

こ、こういうことかな？

ちょっと恥ずかしいけど、俺は結花の背中に手を回し、ギュッと抱き締めてみる。

「ふへへー……うにゃあー」

結花もギューッと俺を抱き返してきた。

それはもう、頬をめちゃくちゃ緩ませて。

鼻唄まで歌いながら…………って‼

「結花……絶対起きてるでしょ？」

「寝てまーす。ぐー」

「本当に寝てる人は、寝てますとか言わないんだけど⁉」

「じゃあ寝てませーん。ぐー」

「そういうことじゃないから」

俺はゆっくりと結花から身を離すと、上体を起こした。

すると――結花がパチッと目を開けて、俺の方を上目遣いに見てくる。

「バレましたか」

「バレるよ、そりゃ……って、いつから起きてたの？」

「『……ん？　今、何時だ？』って、遊くんが言うあたりから！」

「最初じゃない、それ⁉」

俺が指摘すると舌を出し、軽くウインクをして誤魔化す結花。

同棲生活に慣れるにつれて、甘え方がエスカレートしてきてるんだよな。

もう本当に……かまってちゃんなんだから、結花は。

◆

そんなこんなで、俺と結花は連れだって起きると。

朝昼兼用の食事を用意して、ダイニングテーブルにつく。

「いただきます」

「いただきまーす！」

俺がトーストを頬張ると、正面に座ってる結花が、じーっとこっちを見てることに気付いた。

「どしたの、結花？　ご飯食べないの？」

「んー ん。夏祭り楽しかったなぁって、遊くんの顔を見てたら思い出しちゃって……えへへっ」

頬杖《ほおづえ》をついたまま、にへらっと笑う結花。

そんな楽しそうな結花を見てると、なんだか俺までほっこりした気持ちになる。

「まぁ、色々あったけど……楽しかったね、結花」

「うん！　綿菓子食べたり、金魚すくいしたり‼」

「射的のとき、結花がなぜか後ろ向きにコルク栓を誤射したり」

「もー！　そういう恥ずかしいのは、わざわざ言わなくてもいいじゃんよー‼」

俺のからかいがお気に召さなかったのか、結花はぷっくり頬を膨らませる。

だけど——すぐにぷっと吹き出すと。

結花は「あははっ」と、声を出して笑った。

「夏祭りも楽しかったけどね？　お忍びデートをしたのも、校外学習のときに星空を見たのも……今こうして、一緒にご飯を食べてるのだって。遊くんと一緒だったら、ぜーんぶっ！　楽しいんだー」

そう言って、お日様みたいな笑みを浮かべる結花は。

俺の愛するアリスアイドル——ゆうなちゃんみたいで。

二人の境界線が、ゆらゆら揺れるのを感じる。

親父が母さんと離婚して、生気のない顔で落ち込んでる姿を見てから、結婚に夢なんて見るのはやめた。

中三の冬の事件を機に、誰かを傷つけたり誰かに傷つけられたりすることが怖くなって、三次元とは距離を置いて二次元しか愛さないと誓った。

なのに、俺の許嫁《いいなずけ》になった結花は——そんな俺の頑《かたく》なな心を、無邪気な笑顔で溶かそうとしてくるんだ。

「あれ？　どうしたの、遊くん？」

物思いに耽《ふけ》っていた俺の顔を、結花が心配そうに覗《のぞ》き込んできた。

そんな結花を見て——俺はふっと頬が緩むのを感じる。

「ううん。いつもありがとうって……思っただけだよ」

無意識に口をついて出たのは、感謝の言葉。

中学生の頃に刻まれたトラウマは、簡単にはなくならないけど。

結花と一緒だったら、いつかは——なんて。

そう思ってしまうくらい……俺にとって結花は、どんどんかけがえのない存在になってきてるんだなって感じる。

「……こちらこそ、ありがとうだよ。遊くん」

ぽつりと呟いたかと思うと、結花は俺をまっすぐに見つめてくる。

一点の曇りもない、澄み渡った空のように綺麗《きれい》な瞳で。

「私って人と関わるのが下手くそで……男の人なんて、そりゃあもう苦手なんだけどね。遊くんにだけは……なんでだろう？　素直な自分を、出すことができるんだ。だから一緒にいて――すっごく落ち着くんだよ」

穏やかな声色でそう言って……結花はまた、いつもの満開スマイルを浮かべた。

そんな結花を直視するのが恥ずかしくて、俺はスマホに視線を落とす。

そして、気を紛らわそうと『アリステ』のガチャを回して――。

「……あ」

出てきたのは『ゆうな　SR』――俺にとってのウルトラレア。

画面に映るゆうなちゃんを、そっとタップする。

すると、ゆうなちゃんのボイスが、スマホから聞こえてきた。

『だいじょーぶっ！　ゆうなはいつまでも、あなたのそばにいるよ。絶対、ぜーったいに……居続けてみせるもんねっ‼』

ゆうなちゃんのセリフが、俺の胸の奥に染《し》み渡っていく。

温かい何かが、心の中を満たしていく。

『だいじょーぶっ！　ゆうなはいつまでも、あなたのそばにいるよ。絶対、ぜーったいに……居続けてみせるもんねっ‼』

ああ……なんて素敵なセリフなんだろう。

『だいじょーぶっ！　ゆうなはいつまでも、あなたのそばにいるよ。絶対、ぜーったいに……居続けてみせるもんねっ‼』

ありがとう、ゆうなちゃん。

俺もずっと、ゆうなちゃんと一緒にいるって約束するからね。

「……遊くん」

「ん？　どうしたの、結花？」

『だいじょーぶっ！　ゆうなはいつまでも、あなたのそばにいるよ。絶対、ぜーったいに……居続けてみせるもんねっ‼』

四度目のゆうなちゃんボイスが流れたところで――結花はガタッと立ち上がって。

真っ赤な顔のまま、肩をぷるぷると震わせて……言った。

「もぉー……目の前で何回も何回も、ゆうなのセリフをリピートして……こんなの羞恥プレイじゃんよ……ばーか！」


こんな感じで。

俺――佐方遊一《さかたゆういち》の許嫁になった、綿苗結花は。

外ではお堅くて。

家では結構な天然で。

声優・和泉ゆうなとして頑張っていて。

一緒にいて、本当に――退屈しないんだ。

第2話　【告知】俺の許嫁の『弟』が、今度会いに来るらしいんだけど

「遊《ゆう》くーん！　見て見てー‼　いくよー、必殺ぅぅ……」

『ボイスチャージ！　マックストーキング‼　ヒッサツ――シャウティングシュート‼』

「ちゅどーん！」

銃のおもちゃこと、声霊銃《せいれいじゅう》『トーキングブレイカー』を振り回しながら、結花《ゆうか》がなんか自分で「ちゅどーん！」とか言ってる。

「どう、遊くん？」

どうと言われても。

なんともコメントしがたいんだけど。

返答に窮していると、結花はぷくっと頬を膨らませた。

「もっと反応してよー。一緒に見逃し配信で観《み》たじゃんよ、『仮面ランナーボイス』の最新話！　その再現だったでしょー」

部屋着の水色ワンピースにかかった黒髪を、さらりと掻《か》き上げて。

目元をキリッとさせて、なんか『仮面ランナー』になりきったみたいなドヤ顔をする。

今日はやたらハイテンションだな、俺の許嫁。

「佐方遊一《さかたゆういち》――戦え！　戦うことこそが、愛。そして愛こそ……『地球の声』なんだ‼」

ああ、そのセリフは覚えてる。

前後の燃えるシチュエーションで押し切ってたけど、冷静に聞くと何言ってるか分かんないタイプのセリフだよね、それ。

だけど、なんかツボに入ってるらしい結花は目を閉じて、グッと拳を握る。

「『仮面ランナーボイス』……面白いよね、遊くん。今まで特撮ってあんまり観たことなかったけど……桃《もも》ちゃんに薦められて、すっごくはまっちゃった‼」

ちなみに『桃ちゃん』っていうのは、俺たちのクラスメート――二原桃乃《にはらもの》のこと。

茶色く染めたロングヘアに、ぱっちりした目元。

着崩したブレザーから覗く大きな胸元が目立つ、ギャルな見た目の二原さん。

そんな彼女を――俺はつい最近まで、『陽キャなギャル』と呼んでいた。

だけど、彼女が隠してた秘密を知って……彼女に対する見方は大きく変わったんだ。

――見た目はギャル、中身は特撮を愛しすぎてるオタク。

そんな風に。

「スーパー軍団シリーズも面白かったよね！　『花見軍団マンカイジャー』――観てたら私、お花見したくなっちゃったよー」

「番組放送時期と、花見の時期がかぶってないのが難点だけどね」

結花の言うとおり、二原さんの影響で観るようになった『仮面ランナーボイス』と『花見軍団マンカイジャー』……普通に面白いんだよな。

二原さん、他の友達にも布教したらいいのに……。

そう思い掛けて、すぐに「するわけないか」と納得した。

俺だって、神のように崇《あが》める『アリステ』を誰かに布教したいかっていうと、なんとなく気が進まないもの。

だって、俺の愛するゆうなちゃんを馬鹿にされたら――乱闘になるから。

二原さんも同じ。

特撮作品を馬鹿にされれば、たとえ相手が友達でもマジギレしちゃうから――特撮作品も友達も大事にしたい二原さんは、自分の趣味をひた隠しにしてるんだ。

だけど二原さんは、色々あって――そんな秘密を、俺と結花には打ち明けた。

そのお返し、って言っていいのか分かんないけど。

結花もまた、佐方遊一の許嫁なんだってことや、二人で同棲《どうせい》してるんだってことを……

すべて二原さんに告白した。

その結果が――これだ。

「よーっし！　明日の登校日は、桃ちゃんと特撮トークで盛り上がるぞー‼　結花、桃ちゃん、友達！」

結花の二原さんへの懐《なつ》きっぷりが、天井知らずになってる。

まぁ、声優としては分かんないけど、学校では友達らしい友達いなかったもんね、結花。

凄《すさ》まじくコミュニケーション下手で、誰も寄せつけないから。

そんな不器用な許嫁が、誰かと仲良くなるのは、俺としても嬉《うれ》しいんだけど……。

『**ボイスチャージ！　マックストーキング‼　ヒッサツ――シャウティングシュート‼**』

「ちゅどーん！」

さすがにもうちょっと、テンションを落としてほしい。

明日の登校日を前にして、今朝からずっと、このハイな調子だし。

すると——ガチャッと、リビングのドアが開いた。

「……結花ちゃん、何してんの？　えっと……ヤバいキノコ食べた？」

おもちゃの銃を持って大はしゃぎしてる結花を凝視して、やや引き気味な声を出す『そいつ』。

黒髪のショートヘアに、少年とも少女ともつかない中性的な顔立ち。

ジージャンの下に着てるTシャツからはへそが覗《のぞ》いていて、ショートパンツから伸びる脚はすらっと細い。

そう。

こいつは、中二になる俺の妹——佐方那由《なゆ》だ。

「だーかーらー、那由！　お前、帰ってくるときは連絡しろって‼」

「は？　いつも言ってんじゃん、嫌だし。あたしがいつ実家に帰ろうと自由っしょ？　はぁ……JCを束縛する高校生の兄、マジきもい」

俺が一言発すると、数倍になって返ってくる。

相変わらず毒舌で傲岸不遜な、自慢の妹だわ。

那由は旅行用のキャリーバッグを置くと、「けっ」と吐き捨てるように言った。

「そんなおもちゃで遊んでないで、もっといちゃつけし。早く子ども作って、あたしを安心させろっての」

「作るか、あほ」

「そ、そうだよ那由ちゃん！　ま、まだ、早いよ……もぉ」

普段は、親父《おやじ》が赴任してる海外で生活してる那由だけど。

夏休み期間は、うちに泊まったり、日本にいる友達と旅行に出掛けたりと、充実した日本の夏を過ごしてる。

「……で？　お前、旅行終わったんだろ？　親父のとこに帰んなくていいの？」

「は？　なに、可愛《かわい》い妹を追い出そうとしてんの？　こわ……ＤＶっしょ、これ。結花ちゃん、気を付けて。こいつ――ＤＶ夫予備軍だわ」

「飛躍しすぎだな⁉　帰れとは言ってないだろ！」

「そ。んじゃ、もうちょい泊まってくから」

そんな俺と那由のやり取りを見て……結花はくすっと笑う。

そして、那由のキャリーバッグをリビングに運び込んで。

「相変わらず遊くんと那由ちゃん、仲良しだねぇ。こっちまで微笑《ほほえ》ましくなっちゃう」

「べ、別に仲良くないし！」

「はいはーい。那由ちゃんってば、ほんっと可愛い！　いいなぁ……私も、こんな妹が欲しかったよぉー」

そう言って陽気に笑う結花を見て、俺はふっと違和感を覚える。

結花にも確か、年下のきょうだいがいるはずなんだけど。

なんか全然、その話題をしたがらないな……って。

◆

「よぉ、遊一……元気だったか？」

「お前は思った以上に、元気ないな」

マサこと倉井雅春《くらいまさはる》は、ツンツンヘアを触りつつ、なんかニヒルに微笑んでる。

その黒縁眼鏡の下に刻まれた隈《くま》は、驚くほどひどい。

中学時代からの腐れ縁だけど、ここまで憔悴《しょうすい》しきったマサを見るのは初めてだ。

「何があったんだよ？　話くらい聞くぞ、マサ」

「ありがとな、遊一……いや、実はな。ここ三日、寝ずに『アリステ』のイベントに参加してたら寝不足で――」

「あ。もういいや。ごめん」

心配した俺が馬鹿だったわ。

「やっほ、佐方ぁ！」

そんな俺の背中をバシンと叩《たた》いてきたのは、『陽キャなギャル』改め『特撮系ギャル』の二原さん。

二原さんはマサのことをちらっと見て、ため息を吐《つ》く。

「倉井はどーせ、スマホゲーやり過ぎて寝不足とかっしょ？　そんな顔になるまでやるとか、倉井あほすぎー」

「いいだろ別に。おかげで俺は、推しのらんむ様を大量にゲットできた……一片の悔いもないね！　二原みたいに、入れ込んでる趣味のない奴《やつ》には分かんねぇだろうけどな‼」

「あははー。まぁねぇ」

こう見えて、二原桃乃——過去の名作特撮を二十四時間ぶっ続けで観てから、登校している（結花とのＲＩＮＥ調べ）。

隈がそんなに目立たないのは、おそらく化粧で誤魔化してるからだろう。

マサ、勝手に教えられないけど……二原さんは限りなく「こっち側」の人間だからな？

「お。わったなえさーん！」

そんなことを考えていると、二原さんがぶんぶん手を振りはじめた。

視線の先にいるのは、結花。

ただし——学校仕様の。

黒髪をポニーテールに結って。ブレザーは校則どおり着こなして。

それだけなら普通なんだけど、とにかくびっくりするほど無表情で。

細いフレームの眼鏡から覗く瞳は、つり目がちなもんだから……威圧感すら覚える。

そんな、オフのときとはまったく異なる佇《たたず》まいの結花が、淡々と答えた。

「……お久しぶり。二原さん」

——うー。早く桃ちゃんと会いたいなー。ニヤニヤしすぎたら、どうしようー？

昨日の晩は、そんなことを言ってた結花だけど。

「綿苗《わたなえ》さん、元気ー？　もー、会えてめっちゃ嬉しいんですけどー‼」

「まぁ」

驚きの塩対応！

ニヤニヤどころか、表情筋のひとつも動いてないよ、結花⁉

――明日の登校日は、桃ちゃんと特撮トークで盛り上がるぞー‼


「ねぇねぇ、観《み》た？　うちが薦めた、あの……」

「ああ。まぁ」

「どうだった⁉」

「普通」

君、昨日『トーキングブレイカー』振り回してはしゃいでたよね⁉

――結花、桃ちゃん、友達！

「……ま、ここで感想ってのもアレだしね。うんうん。んじゃ、また今度、家に遊び行っていーい？」

「どうして？」

「ゆっくり話したいっしょ？　積もる話も、お互いあるじゃーん？」

「特に」

友達の概念が乱れる。

いや、まぁね？

コミュニケーションが苦手すぎて、これまでずっと学校で、こんなお堅いキャラとして生きてきた結花だから。

そう簡単に、変わるのは難しいんだろうけどさ……。

「では。授業がはじまるから、これで」

「もー。相変わらずクールだなぁ……これはこれで、ウケるけど！」

こうして。

多分、結花自身が望まない形で――八月初旬の登校日は、幕を閉じたのだった。

◆

「……ふーん。それで結花ちゃん、あんなに凹《へこ》んでるわけ？」

家のリビングでぐったりしてる結花を見ながら、那由が言った。

こっち向きで倒れ伏してる結花は、「私はなぜ、あんな無駄な時間を……」「駄目すぎる……」なんて、呪詛《じゅそ》みたいにぶつぶつ言ってる。

「二原さんも、結花のキャラは知ってるし……RINEでフォローすれば大丈夫だよ」

「うぅ……ありがと遊くん……こんな愚かな私めに、優しいお言葉を……」

どん底だな、テンション。

それでも結花は、どうにかスマホを手に取って、画面に視線を向け――。

「……うっ⁉」

今まで見たことのないような、しかめっ面《つら》をして。

結花は無表情のまま、スマホを耳に当てた。

「――もしもし、何？　取り込み中だから後に……え？　来週の月曜？　勝手に決めないでよ。遊くんにも予定聞いて……はぁ？　いいじゃんよ、私が未来の夫をなんて呼ぼうと……はい？『僕のことも、くん付けで呼んでいいんだよ』？　なんでよ、勇海《いさみ》は勇海でいいでしょ！　とにかく、こっちにだって予定が――」

いつもと違って強めの語調で話していた結花は、スマホを持ったままガバッと立ち上がった。

「ちょっと、聞いてる勇海⁉　――って、電話切れてるし！　もー‼」

「ゆ、結花……どうしたの？」

膨れっ面な結花に、俺はおそるおそる尋ねる。

結花はハッとした顔をしたかと思うと、恥ずかしさからか、しゅんとなって。

「えっと……ごめん。なんか騒いじゃって」

「勇海……くん？　って、言ってたけど。ひょっとして、結花の……」

『弟』？

って聞こうとしたところで、結花はこくりと頷《うなず》いて。

言いづらそうに、告げた。

「勇海が言うにはね。うちの家族が……来週の月曜日、遊くんに会いに来るんだって」

――――え？

親同士が勝手に決めたとはいえ、俺たちは婚約関係にあるわけだし。

いずれは親との対面イベントってのも、覚悟してたけど。

……………いくらなんでも、急すぎない？　さすがに。

第3話　俺の許嫁《いいなずけ》になった地味子、友達慣れしてなすぎて大暴走

「そわそわ……そわそわ……」

言葉でそわそわ感を表現する人、初めて見た。

誰が見てもそわそわしてる結花《ゆうか》の様子に、俺は思わず吹き出してしまう。

リビングの壁に貼られた、無数のデコレーション用のシール。

ダイニングテーブルには、結花お手製の料理の数々。

そしてキッチンに隠してあるのは、ろうそくの立ててあるホールケーキ。

そう。

結花がそわそわしてるのは、これからイベントを開くから。

そのイベントっていうのは――俺たちの婚約四か月記念パーティー。

……三か月のときもやったよね？　毎月やるつもりなのかな、結花……。

だけど――そわそわしてるのは、俺に対してじゃないんだよな。

そわそわの相手は、このパーティーに呼んでるゲスト。

結花にとっておそらく、高校で初めてできた友達。

――二原桃乃《にはらもものの》。

「桃《もも》ちゃん、もうすぐ来ちゃうよね……どうだろ？　準備足りてるかな？」

夏休みの登校日。

本当は友達っぽく振る舞いたかったのに、二原さんに驚きの塩対応をしてしまった結花は――凄《すさ》まじく落ち込んだ。

そして落ち込みに落ち込んだ末、思いついたのが……婚約四か月記念パーティーに招待するってアイディアだ。

「えーと……結花。真面目に一言、いい？」

「もちろん！　桃ちゃんに喜んでもらうためなら、どんな意見でも吸収するよっ‼」

意気込みのレベルが半端《はんぱ》じゃない。

もうこれ、二原さんを祝う会みたいになってない？

「俺だったらの話だけどね……友達の婚約四か月祝いに呼ばれても、あんまり嬉《うれ》しくないと思うんだよ」

たとえばマサに、三次元の彼女がいたとする。事実とは異なるけど。

そんなマサが、俺に対して「婚約四か月なんだけど……お前、一緒にパーティーしねぇか？」と言ってきたとしよう。

そのとき、俺がどんな行動をするか。

……間違いなく、マサの頭をはたく。

しかも、結構な勢いで。

それくらい、友達と彼女がいちゃいちゃしてる現場に呼ばれるなんて、気まずいしかないんだよ。男同士だと、これ絶対。

「でも。桃ちゃんにＲＩＮＥしたら、すっごいテンション上がってたよ？　『佐方《さかた》の恥ずかしいところ、写真に撮りまくるし！　めっちゃ楽しみ‼』って」

「テンションの上がりどころが、パーティーの主旨と違う……」

うん。二原さんは、そういう人だったね。

じゃあ、まぁいっか……。

確かに、結花が学校でうまく立ち回るのを期待するより、家で二原さんと打ち解けるのを目指した方が、遥《はる》かにハードル低いし。

「……けっ。マジで、例のギャル呼ぶの？」

俺と結花が話してるところに、すっと割り込んでくる那由《なゆ》。

ジージャンのポケットに手を突っ込んで、あからさまに不愉快そうな顔をしてる。

「大丈夫なわけ、あのギャル？　パーティーにかこつけて、結花ちゃんから兄さん奪い取るとか、しそうじゃね？」

「なんでだよ……この間、説明したろ？　二原さんは別に来夢《らいむ》と繋《つな》がってるわけじゃないし、ただの特撮好きなギャルなんだって」

野々花《ののはな》来夢──俺が中学時代に玉砕した相手であり、黒歴史の象徴。

那由は、やけに俺に絡《から》みたがるギャルを怪しんで、来夢と関係あるんじゃないかとか疑ってたけど……夏祭りのくだりを伝えて、誤解は解いたはず。

「はぁ……いや、野々花来夢の手下じゃないのは分かったけど。だからって、安心したわけじゃないし。だって相手は、ギャルっしょ？」

「ギャルだから……なに？」

「ギャルは相手に彼女がいようと、関係なく食べる──肉食の獣だし。マジで」

びっくりするほど偏見だった。

いや、俺もギャルってだけで警戒してたから、人のことは言えないけど。

「だから、言ってんだろ？　ギャル風な見た目だけど、中身はただの特撮ガチ勢なんだって。花より団子ならぬ、男より変身アイテムなんだよ、二原さんは」

「そうだよー、那由ちゃん！　桃ちゃんはそういう、いかがわしい子じゃないから……くれぐれも、変ないたずらしないようにね？」

「……分かったし。結花ちゃんが、そこまで言うなら」

お前、相変わらず俺の意見は聞かないけど、結花に対しては素直だよな。

妹と許嫁が仲良しなのは、良《い》いことなんだけど……なんか釈然としない。


――ピンポーン♪


「きゃー‼　も、桃ちゃん来ちゃったよ……どうしよう、遊《ゆう》くん⁉」

「いや、来るでしょ。結花が呼んだんだから……」

「……けっ」

大慌ての結花を見かねてか、那由がとことこと廊下を歩いていく。

そしてガチャッと、玄関のドアを開けて。

「やっほ、佐方と結……って、あれ？　誰？」

「そっちこそ誰だし。佐方？　ああ。その人は昨日、チベットに引っ越したんで。じゃ、お引き取りくだ――」

「ぎゃあああああ⁉　やめてえええええ⁉」

慌てて駆け寄った結花は、那由の肩を摑《つか》んでぶんぶん前後に振りはじめる。

「もぉぉぉー！　いたずらだめって言ったのに、いたずらだめって言ったのにぃー‼」

「ご、ごめん結花ちゃん……謝るから、そんなに揺すんな……うぇ、気持ち悪……」

「――ぷっ！　あははははっ‼　マジウケんね、佐方んちって！」

そんな二人を後ろから眺める俺を見て、二原さんはけらけら笑う。

そして、腰をかがめて、那由の顔を覗《のぞ》き込むと。

「初めまして。あなたが本物の那由ちゃん……なわけね？」

「那由かどうかは、あたしが名乗るまで分からない……どうも、シュレディンガーの那由ですが、何か？」

どこまでもひねくれた態度を取る、どうしようもない那由の背中を。

俺と結花は、同時にぺしっとはたいたのだった。

◆

「おー、めっちゃ飾り付けしてんじゃーん！　気合い入ってんねぇー‼」

リビングに入ると同時に、二原さんは感心したように声を上げた。

二原さんの視線の先にあるのは、デコレーション用のシールに彩《いろど》られた壁。

星やハートがちりばめられてるだけじゃなく、『祝　ゆうくん　4か月!』なんて文字シールまで貼られてて……普通に恥ずかしいんだけど、これ。

「いやぁ、佐方。愛されてんねぇー。さすがの桃乃様も、ニヤニヤしちゃうわー。マジにやけるわー」

「からかってるだけでしょ、二原さんは……」

「そんなことないってぇ。ほら、仮面ランナーボイスも、言われてたじゃん？　戦うことこそが、愛。そして愛こそ……」

「「――『地球の声』なんだ‼」」

結花と二原さんの声が、はもった。

セリフの意味は、これっぽっちも分かんないけど。

「……あははっ！　結《ゆう》ちゃん、『仮面ランナーボイス』観《み》てくれたんだ？　うわぁ、めっちゃ嬉しいんですけど‼」

「『花見軍団マンカイジャー』も観たよ！　桃ちゃんに薦められて観たら、どっちもすーっごく、面白かった‼」

「んじゃ、今度は昔の名作とかどーよ？　うちが一番好きな特撮作品のブルーレイボックス、いつでも結ちゃんに貸すかんね？」

「えー、でも借りてばっかじゃ、桃ちゃんに悪いしー」

お互い『結ちゃん』『桃ちゃん』呼びで、きゃっきゃしてる結花と二原さん。

よかったね、結花。仲良くガールズトークのできる相手ができて……内容は特撮ネタだけど。

なんて。

ほのぼの見守っていると――結花がハッとした顔になる。

そして、バツが悪そうに肩をすぼめて、小さく頭を下げた。

「あ、えっとね、桃ちゃん……登校日のとき、素っ気ない態度取っちゃって、ごめんね。本当は桃ちゃんと会えるの、楽しみで仕方なかったんだけど……学校だとどう接したらいいか、分かんなくなっちゃったんだ……」

消え入りそうな小さな声で、結花が素直な気持ちを伝えた。

それに対して、二原さんは。

「…………きゃ——!! 結ちゃんってば、めちゃカワすぎなんだけど——!!」

黄色い声を上げたかと思うと。

もじもじしてる結花のことを、ぎゅーって抱き締めた。

おろしてる結花の髪が、ふわっと揺れる。

そして二原さんは、結花のほっぺたに、自分のほっぺたをくっつけて。

「気にしなくていいって。そんなんで、うちが結ちゃんを……嫌うわけないっしょ」

「……うん。ありがと、桃ちゃん」

「……けっ。けっ。けけけの、けっ！」

何その、ちゃんちゃんこ妖怪アニメのＯＰみたいなテンポ。

それから大きな舌打ちをして、那由は凄まじい不機嫌オーラを纏《まと》いながら、ダイニングテーブルについた。

そして——バクバクッと、結花の用意した肉料理にがっつきはじめる。

「あー！　那由ちゃん、待ってよ!!　みんなでいただきますと、おめでとうしてから、食べ——」

「けっ」

言語を忘れたかのごとく、やさぐれた声を出し続ける那由。

見かねた俺は、那由の首根っこを摑んで、ダイニングテーブルから引き離す。

「ちょっ……やめろし、兄さん！　いくら欲求不満だからって、妹を使って何しようとして——ご飯じゃなくて、あたしを食べるとか、マジ野獣なんだけど‼」

「言い掛かりだな⁉　お前が大暴れするから、こうなってんだろ！」

ぶんっと那由をソファに放ると、俺は大きくため息を吐《つ》いた。

「ったく。分かりやすいな、お前は……結花と二原さんが仲良すぎて、嫉妬したのか」

「はぁ⁉　妄想はソシャゲの中だけにしろし！　あたしはべ、別に、嫉妬とかしてないから‼　誰と仲良くしても、それは結花ちゃんの……自由だし」

話してるうちに、段々と声のトーンが落ちていく那由。

本当に分かりやすいな、お前。

そうして、ソファの上にあぐらを掻《か》いて、ツンとそっぽを向いてる那由を見て。

「那由ちゃん……可愛《かわい》いなぁ、もぉ！」

結花はほっぺたが落ちそうなほどニヤニヤしながら、ギューッと那由を抱き締めた。

恥ずかしいのか、なんかジタバタもがく那由。

だけど、結花に抱きすくめられてるうちに——段々とおとなしくなっていく。

「もー。心配しなくても、私は那由ちゃんの『お義姉《ねえ》ちゃん』だよー？」

「あははっ。だいじょーぶ。うち、人の大事なもん取るとか、好きじゃないかんさ」

子犬みたいになった那由の頭を、二原さんはぽんぽんと撫《な》でる。

そして、しゃがみ込んで、にこっと笑い掛けると。

「那由ちゃん、結ちゃんが大好きな感じなんだね？　兄の許嫁《いいなずけ》なんて……血の繋《つな》がりもない、他人だってのに。本当の『姉』みたいに、懐《なつ》いてんだ？」

一瞬「うっさい」なんて暴言を吐きかけて……那由はしゅんと、頭を垂れた。

そして、小さな声で呟《つぶや》きはじめる。

「……結花ちゃんって、優しいじゃん？　だから、この甲斐性《かいしょう》なしで、ろくでなしな兄さんを……マジで笑顔にしてくれるって。信じられるから。だから、あたしは……」

「那由……」

鼻の奥がツンとするのを感じて、俺は慌てて鼻先を拭った。

那由……そんな風に、俺と結花のことを考えてくれてたんだな。

そう思うと、ただ生意気で悪さばかりすると思ってた妹のことも。

ちょっとだけ、可愛く見えて――――。

「分かる、それ！　血の繋がりだけが、きょうだいの絆《きずな》じゃないわけさ……そう、コスモミラクル兄弟のように‼」

絶妙なタイミングで、二原さんが意味不明なことを口走った。

「……はい？　コスモミラクル兄弟？」

「コスモミラクル兄弟は、宇宙守備団所属のコスモミラクルマンたちの中のエリートの総称で、いわゆる義兄弟なんだけど……その絆は、スパークするプラズマのごとし！　光る絆で、どんなピンチだって奇跡に変える――最高で最強の、兄弟なんだよ‼」

「何言ってんの、このギャル？」

オタク特有の早口で特撮の設定を捲《まく》し立てる二原さんを、怪訝《けげん》な顔で見る那由。

かと思ったら……那由はふっと、笑い声を漏らした。

「……ま。ギャル系の見た目だけど、あんたの中身がクラマサと変わんないのは分かったし。反社会的なことしないってのも……理解したわ。マジで」

「しないっつーの。あんたも大概な子だね、那由っち？」

そう言ってけらけら笑う二原さん。

よかった……なんかよく分かんないけど、打ち解けたみたいだな。那由と二原さん。

「……ゆーくんっ」

そんなことを思っていると、耳元で甘い声を囁《ささや》かれて、全身がぞわぞわっとなる。

振り向くと、はにかむように笑いながら、結花が自身の口元に手を当てた。

そして結花は、こそこそっと囁《ささや》く。

「……四か月、ありがとうでした。これからも、よろしくです……大好きな、遊くんっ」

不覚にも、その笑顔に……俺はつい、ドキッとしてしまう。

そんなとき――。

「なぁんか、佐方と結ちゃん、良《い》いムードじゃーん。これはうちら、お邪魔虫系？」

「ん。じゃあ兄さん、そのまま子作りしろし。あたしらは小一時間、外出てるわ」

「出なくていいから！ っていうか、なんでそこで意気投合してんだよ、二人は⁉」

そんなこんなはあったけど。

俺たちの婚約四か月記念のパーティーは、かしましく盛り上がったのだった。

……なんか、パーティーの主旨とズレてる気がしないでもないけど。

まぁ――みんなが楽しく過ごせたから、良しとしよう。

第4話　【衝撃】義理のきょうだいが遊びに来たら、驚くことが明らかに

「そわそわ……そわそわ……」

「あははっ！　言葉でそわそわ感を表現する人、初めて見たよー。遊《ゆう》くんってば、可愛いなぁー」

ごめん、それ結花《ゆうか》には言われたくない。

完全にこれ、結花がうつっちゃったやつだからね？

「はぁ……情けなくね、マジ？　ちょっと義理の家族と会うからって、この落ち着かなさ……引くんだけど」

那由《なゆ》がやれやれと、大げさに両手を広げて、ため息を吐く。

「いや、そうは言うけどな那由？　婚約してる男側にとっては、最高に緊張するイベントなんだぞ、これ」

「『貴様のような、二次元しか愛せない男に娘はやらん！』……とか、そういうのっしょ。言われたらどうすんの、兄さん？」

「あなたが決めた婚約だと思うんですけど……って言うよ、それは……」

そもそも、俺と結花が婚約・同棲《どうせい》なんてことになったのは——お互いの父親が勝手に盛り上がった結果だからな？

『父さんはな、大事な時期なんだよ。海外の新しい支所の重要なポジションを任されて、このまま出世ルートを歩むか、失墜して窓際《まどぎわ》に追いやられるか』

『そんな中、父さんは得意先のお偉いさんと親しくなった。先方の娘さんは、高校から上京して一人暮らしをしているそうでな。男親としては、防犯とか悪い虫とか、色んな心配があるらしい』

——思い出すだけでも、どうかしてるとしか思えない、うちの親父《おやじ》の言葉。

だけど……そんなどうかしてる流れがあったからこそ、俺と結花はこうして、出逢《であ》えたわけだから。

そう考えると……あのふざけた親父に、感謝しなくもない。

九割以上は、ふざけ過ぎてて呆《あき》れてるけどな。

「あと十分だね。兄さんが死ぬまで」

物思いに耽《ふけ》っていた俺を、那由がさくっと刺してくる。

「お前……人が気持ちを落ち着けようとしてんのに、なんで邪魔する……」

「知らん。あと九分」

こいつ、後で覚えてろよ。

「遊くん、そんなにかまえなくても大丈夫だよ？　お父さんもお母さんも、遊くんのことを絶対気に入るに決まってるからっ」

見かねたらしい結花が、そっと俺の手を握ってくる。

そして——すぅっと息を吸い込んで。

「ゆうながずーっと、そばにいるよ！　だーかーら……一緒に笑お？」


——その声は。

まるで天使の囁きのようだった。

それを聞いた途端、俺の中にあった不安や焦《あせ》り、その一切が消え去っていく。

穢《けが》れた大地が、浄化されていくかのように。

さすがは、ゆうなちゃん……世界の救世主だわ。

「……ね？　私もいるし、ゆうなもいるから、だいじょーぶ！　なんたって私は……綿苗《わたなえ》結花で、和泉《いずみ》ゆうな。遊くんの許嫁で、遊くんの愛するゆうなの声優なんだから。ね？」

「ありがとう、結花……もう大丈夫。落ち着いたから」

「あと二分だけど」

那由が煽《あお》ってくるけど、もう気にしない。

中三の冬。

来夢《らいむ》にフラれた後、引きこもった俺は——ゆうなちゃんと出逢い、その一番のファンである『恋する死神』になった。

そんな俺が、ゆうなちゃんに応援されて……へばってるわけにはいかないからな！


——ピンポーン♪


そうこうしてるうちに、遂《つい》にインターフォンが鳴り響いた。

俺と結花は席を立ち、玄関まで綿苗家の皆さんを迎えに行く。那由も、なんだかんだ興味があるのか、ちょろちょろついてくる。

大きく息を吸い込む。

そして、呼吸を整えてから……俺は。

玄関のドアを、開けた。


「――やぁ、結花。元気にしてた？」


そこに立っていたのは、すらっとしたイケメンだった。

長めの黒髪を首の後ろで一本に結って、おそらくカラーコンタクトを入れてるんだろう青い瞳。

白いワイシャツの上に執事みたいな黒い礼装を纏《まと》って、黒のネクタイをタイピンで留めている。

ぱっちりした目元と整った目鼻立ちが似てるから……多分、間違いない。

これが結花の――『弟』。

「……勇海《いさみ》？　あれ？　お父さんとお母さんは？」

きょとんとした表情の結花が、『勇海』と呼んだ彼に尋ねる。

すると、彼は――なんでもないことのように言った。

「ああ。あれ、嘘《うそ》だから」

「……はい？」

「父さんと母さんがこっちに来るって話……思い返してみれば分かると思うけど、直接二人から聞いてないでしょ？　二人ともそんな話、家で一切してないんだよね」

「……うん。それで？」

「要は、僕が遊びに来る口実がほしかったんだよ。そうでもしないと結花──僕と会ってくれないでしょ？　僕はいつだって、結花に会いたいと思ってるのにな」

そう言いながら、結花のアゴをくいっと持ち上げて、顔を近づける勇海くん。

ちょっと、ちょっと!?

いくら姉弟だからって、その距離はさすがに近すぎ──────。

「ふ、ふ……ふざけるなー‼　勇海のばかぁぁぁぁぁー‼」

ドスッと。

結花の拳が、勇海くんの鳩尾《みぞおち》を思いっきり捉えた。

イケメンスマイルはそのままに、お腹《なか》を押さえて前屈《まえかが》みになる勇海くん。

俺と綿苗勇海の初対面は……凄《すさ》まじいシチュエーションとなった。

——と、いうわけで。

◆

そんなこんなで。

ダイニングテーブルに四人で腰掛けて、佐方《さかた》家と綿苗家（どちらも親は不在）の初顔合わせがはじまった。

俺の隣には、珍しく神妙な顔をしてる那由。

対面には、こちらも珍しく不機嫌そうな顔の結花。

そして、結花の隣には——爽やかな笑みの綿苗勇海くん。

「初めまして、お義兄《にい》さん。いつも結花がお世話になってます。僕は綿苗勇海……中学三年生です。よろしくお願いしますね」

うわっ、なんかキラキラしたオーラが……。

中三でこの落ち着きと、爽やかさと、イケメンさ。

身近で接したことのない人種すぎて、思わず俺は圧倒されてしまう。

「あ、えっと……佐方遊一《ゆういち》です。高二で……よろしくお願いします」

「……ひぃぃぃ」

隣に座ってる那由が、嫌いな虫でも見つけたみたいな、か細い悲鳴を上げた。

「なんだよ、那由。お前も挨拶しろって」

「ひぃぃぃ……こっちの甲斐性《かいしょう》なしの妹、佐方那由です。花の中学二年生、よろしくお願いしま……ひぃぃぃ」

「なんなの、その悲鳴？　お前、ふざけてるだろ⁉」

「ふざけてるのは兄さんだし。何さっきの挨拶？　相手の挨拶が光なら、兄さんのはドブだよ？」

「ドブ⁉　そこは普通、闇とかだろせめて！」

「いや、その域にすら達してなかったっしょ……男として完全敗北だよ、マジで。こんな弟を見慣れてる結花ちゃん……駄目の極みな兄さん……諦めたわ、試合終了だわ」

「……ふふっ。妹さんと仲良しなんですね、お義兄さん」

そんなくだらない言い合いをする俺たちを見て、勇海くんが苦笑した。苦笑してても、イケメンはイケメン。

そして、勇海くんは結花の方に顔を向けて。

「ねぇ、結花。お義兄さんたちに負けないよう、僕たちの仲の良さも見せようよ。両家の親交を図るためにさ」

「……どうやって？」

臨戦態勢の猫みたいな結花は、怪訝《けげん》そうな顔で勇海くんを見た。

そんな結花に微笑《ほほえ》みつつ、勇海くんはすっと——結花の頭に手を添えると。

「ほーら、なでなで。結花はいつも、可愛《かわい》いね。えらいね」

「………むきー‼　やめろー、わー‼」

叫ぶと同時に勇海くんの手を振り払うと、結花はじっと勇海くんを睨《にら》む。

「いっつもそうやって、私のことを『妹』みたいに扱って！　私の方が年上、お姉ちゃんなんですけど‼」

「そうだね、結花はお姉ちゃんだね。うん可愛い、可愛い」

「むきー‼」

お姉ちゃん、言語機能を落としすぎだから。落ち着いて。

「さすが、実のきょうだいだわ。結花ちゃんの扱いに慣れてるし。イケメンだし。イケメンだし」

「なんで二回言ったの、那由？」

「那由ちゃん……それは違うよ‼」

明らかに俺を煽ってくる那由を制したのは、結花だった。

そしてガタッと椅子から立ち上がると、結花は両手を大きく広げて言った。

「イケメンの定義って、人それぞれだと思う！　すっごい格好いいって言われてる人だって、ある人から見たら大したことないとか、よくあるし‼　それでね、私の中での不動のイケメンといえば――そう、遊くん‼」

大げさな身振り手振りでもって、結花がとんでもないことを言い出した。

「まずね、存在すべてが格好いい！　おっきくて、優しくて、何この夢小説のキャラ⁉って感じで。なのに、なんと可愛さも共存してる‼　寝顔なんてもう、天使そのもの！　いや、むしろ私を魅了する小悪魔かも……？　とにかくっ！　格好良くて可愛くて、私の大好きがすべて詰まったハイパー無敵イケメン――それが、遊くんなのですっ‼」

「……悪食《あくじき》すぎじゃね、結花ちゃん？」

那由がドン引いてるけど、気持ちは痛いほど分かる。

言われてる俺自身ですら、「それ、佐方遊一じゃないのでは？」って思ってるから。

結花にしか見えてない、ドリーム遊くんなんじゃないかな……その人。

「お義兄さん……すごいですね。結花にここまで言わせるなんて」

どんな解釈をしたのか知らないけど、勇海くんは感心したように呟《つぶや》いた。

そして、俺の手をギュッと握って、爽やかに笑う。

「ありがとうございます、結花のことを支えてくれて。こうして直接お会いして、結花との関係を見て……正直、とても安心しました」

「ちょっとぉ！　勇海、手を離してよー！　私の遊くんなんだからー‼」

結花が勇海くんの腕を摑《つか》んで、俺から手を離させる。

男同士なんだし、そこまで焼きもち焼かんでも。

「あ。お義兄さん、すみません。申し訳ないのですが、タオルをお借りできますか？　ここに来るまでに、結構な汗をかいてしまって……」

「ああ、今日かなり暑いもんね。廊下に出てすぐ横の部屋、空いてるから使っていいよ」

「ありがとうございます」

丁寧にお辞儀をすると、勇海くんはいそいそとリビングを後にした。

その後に続いて、俺は脱衣所に行って、タオルを準備する。

「遊くん、私が持っていくから貸してー」

「あ、いいよ。俺が持ってくから」

「え？　いやいや、勇海がもし服を脱ぎだしてたら、まずいじゃんよ！　私が持ってくってば‼」

「え？　いやいや、服を脱ぎだしてるんだったら、むしろ結花が行く方がまずいでしょ。いくら姉弟とはいえ、年頃の異性なんだから」

「え？　ちょっ、遊くん？　なんか誤解してない⁉　勇海は——」

タオルを届けに部屋に向かう俺の後ろで、結花がなんか騒いでるけど。

さすがに中三の男子の着替えを、姉が見るのはまずいでしょ。

俺が勇海くんの立場だったら、絶対そう思うし。

——というわけで。

俺はノックをしてから、勇海くんのいる部屋のドアを開けた。

「…………あ」

「…………え？」

信じられない光景に、俺は立ち尽くしたまま言葉を失ってしまった。

執事服を脱ぎ、ワイシャツのボタンを外した勇海くんの胸元は……黒いブラジャーで覆われていた。しかも、かなり大きめのサイズので。

「ぎゃあああああああ⁉」

絶叫とともに、結花が俺のことを突き飛ばした。

凄まじい勢いにつんのめり、俺はそのまま部屋の床に倒れ込む。

「なに騒いでんの、兄さ……は？　なんであんた、ブラしてんの？　ヤバくね？」

騒ぎを聞いて駆けつけたらしい那由が、俺と同じ反応をしてる。

俺は床に突っ伏したまま、おそるおそる結花に尋ねる。

「結花、ごめん。あのさ――確認していい？　勇海くん……弟なんだよね？」

「弟？　ネットラジオとかで言ってる『弟』のこと？　あれは……えへへっ、遊くんのことで。勇海は私の……妹だよ！」

「あはは、やっぱり男だと思ってました？　すみません……実は僕、男装専門のコスプレイヤーやってるんですよ。なので、外だといつもこういう格好で。てっきり結花が、既に説明してるのかと思ってたんですが……」

「……言ってなかったっけ？」

聞いてないよ。マジで。

「まったく。そういう抜けてるところが、『妹』っぽいって言ってるんだよ、結花」

「むぅー……それについては、ごめんなさーい。でも、姉として扱ってくださーい」

そんな二人のやり取りを耳にしながら、俺はゆっくりと床から顔を上げた。

すると……まったく胸元を隠してない勇海くんが。

蠱惑《こわく》的な笑みとともに、ぐいっと前屈《まえかが》みになって――胸の谷間をアピールしてきた。

「ぎゃあああああ⁉　何してんのよ、勇海ぃぃぃ！」

絶叫しながら、俺の目を塞いでくる結花。

痛い、痛い⁉　目が潰れるから、力入れすぎだから⁉

そんなカオスな状況で。

綿苗勇海は「ふふっ」と小さく笑ったかと思うと――落ち着いた声色で、告げた。

「というわけで……改めてよろしくお願いします、お義兄さん。僕は結花の『妹』の――綿苗勇海です」

第5話 【追撃】義理のきょうだいが泊まったら、とんでもない事態に

そんなこんなで。

ダイニングテーブルに四人で腰掛けて、佐方《さかた》家と綿苗《わたなえ》家の顔合わせ、テイク2。

俺の隣には、怪訝そうな顔をしてる那由《なゆ》。

対面には、フグみたいに頬を膨らませてる結花《ゆうか》。

そして結花の隣には、イケメン男子にしか見えない、結花の『妹』……綿苗勇海《いさみ》。

「……えっと。勇海……ちゃん？」

取りあえず呼び方をどうしようか、思案する俺。

俺よりは低いけど、男子と並んでも高い方に分類されるくらい、高身長で。

モデルみたいにすらっとした身体《からだ》つきで、黒い執事風の服装がとても似合っている。

長めの黒髪を首元で一本に結って、青いカラーコンタクトを入れてるもんだから……女性向けアニメに出てくる、美少年キャラみたい。

「勇海ちゃん……母以外にそう呼ばれるのは、なんだか新鮮ですね。どちらかというと、勇海くんの方がしっくりきます」

「あ、そうなんだね……」

「ええ。他には『勇海さま』とか、『勇海きゅん』とか、『ダーリン』とか」

「いかがわしい系？　マジやば……こいつ」

許嫁《いいなずけ》の妹を『こいつ』って言うな、那由。

確かに、なんかヤバい感じがしてきてるのは……俺も同じだけど。

「いかがわしくないですよ。ただ、男装コスプレイヤーの活動以外に、地元の『執事喫茶』でナンバーワン執事もやっているので……熱狂的な女性ファンの方が多いんですよ」

「中学生がそんなバイト、アリなの？」

「バイトじゃないですよ？　オーナーから熱烈にスカウトされたので、コスプレイヤー活動の一環として、お店に出してもらってるだけなので」

「もー……なんでもいいよ、遊《ゆう》くん。あんまり掘り下げるとこの子、いかに自分が女子にモテるかばっかり話すんだから」

「事実だから仕方ないでしょ。結花も、僕の女子ハーレムに入る？」

「入んないから。はぁ……久しぶりに会っても変わんないね、勇海は」

「結花は変わったね」

すっと机に肘をついて、自分の手の甲にアゴを乗せると、勇海くんはふっと微笑《ほほえ》んだ。

「綺麗《きれい》になった……とても」

「……はぁ？」

何その、口説き文句みたいなセリフ。

「……勇海。私はあんたの、顧客じゃないんだけど？　あんまりふざけてると怒るよ？」

「あはは、ごめん。つい普段の癖でね──女の子は大体、これでイチコロだからさ」

「はぁぁ……もう面倒くさいなぁ、勇海は」

イケメンな態度を続ける勇海に、結花は深く深く、ため息を吐《つ》いた。

そんな二人を見比べながら、那由は何に納得したのか、小さく頷《うなず》く。

「ま。勇海も結花ちゃんも、似たもの同士ってわけね」

さりげに呼び捨てにしてんな、こいつ！

俺はともかく、お前は勇海くんより年下だからな⁉

「わ、私のどこが勇海に似てるの⁉　私、こんな女たらしじゃないもん！」

「女たらしとは失礼だね……僕はただ、存在しているだけ。そんな僕に、女子が無意識に堕《お》ちていくんだよ。自然の摂理さ」

「これ、これ！　こんなこと言う子と、私はぜーんぜんっ、違うから‼」

「でも結花ちゃん……あのキャラ演じたりとか、声優？　やってるっしょ。そのファンが、なんとかちゃーんとか、なんとか姫ーとか、言ってんの……同じじゃね？」

「おい、那由」

聞き捨てならない発言を耳にして、俺は那由の首根っこを摑《つか》んだ。

「あのキャラじゃない……ゆうなちゃんだ。いい加減、ちゃんと名前で呼べ」

「きも」

俺の真面目な説教を、二文字で切り捨てる那由。

そんな俺たちの前で……結花がガクッと、崩れ落ちた。

「わ、私が……和泉《いずみ》ゆうなが、勇海と同類⁉　確かに『ゆうな姫』とか、『ハニー』とか、そんなお便りもくるけど……で、でも。私は別に、男性ファンでハーレムを作りたいとか、そんな願望持ったこともないし……」

「ああ、そうそう。僕が本格的にコスプレイヤーとして活動をはじめたの、結花が家を出てからでしょ？　だから、渡してなかったよね」

なんか悶《もだ》えている結花を尻目に、勇海くんはポシェットから名刺入れを取り出した。

そして、すっと名刺を差し出して。

「はい。これが今、僕が使ってる名義ね。ちなみに、印刷してあるのは『バドミントンのおじ様』の――」

「……って！　何よこれ‼」

勇海くんの話を遮って、結花が声を張り上げた。

「あんたのコスプレイヤー名――『和泉勇海』って！　なんであんた、勝手に『和泉』でかぶせてんのっ‼」

「それは……離れていても、心は結花と一緒にいたいから、かな」

「ばーか！」

稚拙すぎて逆に可愛《かわい》くすら聞こえる罵声を放ったかと思うと、結花は立ち上がって俺の手を取った。

「どこ行くの、結花？」

「部屋に帰るの！　遊くんと‼」

「怒るとすぐに部屋にこもる……そういうところは変わらなくて、微笑ましいね。結花」

「うっさいなぁ！　子ども扱いしないでってば‼」

「仕方ないでしょ。結花の分までしっかりしようと……僕はこうして、大人になったんだから」

「むーかーつーくー‼」

その後もしばらく、綿苗姉妹はなんだかんだ言い合いを続けていた。

その様子を見てると――なんていうか。

実家での結花は、こんな感じだったんだろうなって……少しだけほっこりした。

◆

「ん………」

ボーッとする頭のまま、俺は布団《ふとん》の中から這《は》い出ると、上体を起こした。

布団のそばに置かれた目覚まし時計は、0時過ぎを指し示してる。

「……喉、渇いたな」

小さくあくびをして、俺はゆっくりと立ち上がった。

少しだけ離れたところに敷かれた布団では、部屋着用のワンピースを着た結花が、気持ちよさそうに眠っている。

俺の煩悩《ぼんのう》が暴れ出さないよう、少し離して布団は敷いてあるけど。

夜中にこうして顔を見ると、距離があってもついドキッとしてしまう。

「むにゅ……ゆーくん……ちゅき……」

なんかむにゃむにゃ言ってる。

っていうか結花、寝言でまで恥ずかしいこと言ってくるの、やめてくれない？

「取りあえず、水でも飲んで落ち着こう……」

冴《さ》えてしまった頭で部屋を出ると、俺は階段をおりて、できるだけ急いでキッチンに向かった。

なぜなら、今日は――勇海くんが一階の元・母さんの部屋に、寝泊まりしてるから。


「申し訳ないんですが、数日だけ泊めてもらえないですか？　お義兄《にい》さん」

たまには夕飯はピザにするか、なんて話してると、勇海くんが恐縮した様子で言った。

「金曜からは、東京の友達のところに泊まる約束をしてるんですが……それまでは行くところがなくて。ご迷惑でなければ……」

「それなら直前に来て、そのまま友達のところに行けばよかったじゃんよ。なんでわざわざ、月曜にうちに来たのさ？」

「結花と少しでも――同じ刻《とき》を過ごしたかったから」

「遊くん！　このふざけた妹を追い出そう‼」

「はいはい。分かったよ、結花。謝るよ……嫌な思いをさせて、ごめんね」

そんなわけで、数日間泊まることになった勇海くんだけど――問題は部屋だ。

「二階に三部屋あるだろ？　俺の部屋と、結花の部屋と、那由の部屋。結花、寝るときは俺の部屋に来るんだし、勇海くんに部屋を貸してあげたら？」

「えー……それはちょっと。私がいないとこの子、勝手に部屋を荒らすんだもん」

「不本意だけど、それは事実だね」

そこは嘘《うそ》でも、やらないと言ってほしかった。

「じゃあ、数日だけ結花が、勇海くんと一緒に寝るっていうのは――」

「やだ！　遊くん不足で死んじゃう‼」

「さすがですね、お義兄さん。ここまで結花に懐《なつ》かれてるとか」

「……じゃあ。俺と結花と勇海くんで、寝るとか？」

「はぁ？　ありえないし。ふざけてるし。結花ちゃん以外の女子と寝るとか、不貞行為だし。なんなの、ハーレム作ってギャルゲの主人公にでもなりたいの馬鹿なの兄さん？」

恐ろしいほどの速度で、那由に毒舌を捲《まく》し立てられた。

何にキレたのか意味不明だけど、顔がマジだから、これは廃案だな……。

「じゃあ、那由が勇海くんと寝るのは？」

「やだ。普通に、やだ」

「僕もさすがに、那由ちゃんの部屋を借りるのは気が引けるので……」


結果——一階にある和室（元・母さんの部屋）を使ってもらうことにしたんだけど。

あれだな……夜中に水を飲みに来るとかまでは、想定してなかったな。

初対面は男装だったけど、中身は女子——結花の妹なわけだし。

あんまり物音とか聞いても悪いから、さっさと部屋に戻ろう。

「うぅ……うぅぅぅ……」

そんなことを考えつつ、廊下に出ると。

勇海くんのいる部屋から、呻《うめ》き声のようなものが聞こえてきた。

「結花ぁぁぁ……うぇぇぇ……」

これ……勇海くんの声、だよな？

日中の気取った雰囲気とは、真逆なテンションだけど——声質は明らかに勇海くん。

そのギャップに動揺したせいか、俺は足を壁にぶつけて、音を立ててしまった。

「――‼　誰⁉」

「あ、いや……ごめん。遊一《ゆういち》だけど。喉が渇いたから……」

「……お義兄さん」

しおらしい声とともに、ゆっくりと勇海くんのいる和室の扉が開いた。

「すみません……こっちに、来てもらえますか？」

日中とかけ離れた態度の勇海くんに、少し動揺しながら。

俺は躊躇《ちゅうちょ》しつつも、部屋の中に入った。

「……ん？」

そこには、一人の女子が体育座りをしていた。

ほどいた黒髪は、結花と同じくらいの長さで。

当然、目は青くないし、なんなら眼鏡も掛けている。結花みたいに、目つきが変わるわけじゃないけど。

着ているパジャマの胸元は……なんというか、凄《すさ》まじい迫力。

昼間も思ったけど、男装するときどうやって、このサイズを隠してたんだろう？

っていうか、身長と胸の大きさを除くと。

さすが姉妹――結花によく似てる。

「ふぇぇぇぇ……お義兄さぁぁぁん……」

「って、なにその泣き方⁉　昼間のキャラと違いすぎない⁉」

「あれは、ほらコスプレしてましたし……コスチュームは僕の『拘束具』だから」

似たようなセリフ、前に君の姉さんからも聞いたな？

綿苗姉妹は、内と外でギャップを作らないといけない呪いにでも掛かってるの？

「お義兄さん、折り入ってお願いがあります……僕を、弟子にしてください！」

「なんの⁉」

急すぎる土下座。

テンションのジェットコースター感が、さすが結花の妹だなって思うわ。本気で。

「えっと……勇海くん？」

「『勇海』でお願いします。僕はもう、お義兄さんの弟子ですから」

「勝手に決めないでくれるかな⁉」

押しの強さも姉譲りだな、この子。

「えっと……じゃあ、勇海。君は普段、イケメン男装女子なんだよね？　それで、コスプレイヤーとしても知名度があって、『執事喫茶』でも人気ナンバーワンと」

「はい、そうです。そこら辺の男子と僕なら、僕の方がモテます」

「自信満々だな……で？　それほどの人気者な勇海が、俺に何を求めてるの？」

「……うかに……」

「はい？」

「──結花に！　昔みたいに、僕を好きになってもらいたいんです‼」

結構な大声で叫ぶと、勇海は再びがくっと頭《こうべ》を垂れた。

「……僕だって、結花と仲良くしたい。結花は可愛《かわい》くて、優しくて、小さい頃から本当に大好きな──素敵な姉なんです。なのに、なぜか最近、僕が話すとムッとすることが多くなって……すごく、寂しい」

「えっと、だったらさ？　結花を『姉』として敬う感じで接すればいいと思うよ？」

結花が怒ってるポイント、どう見てもそこだし。

結花を『姉』として持ち上げれば、はい解決。って悩みじゃない、それ？

「……できないんです」

なのに勇海は、神妙な面持ちで俺を見て、ギュッと手を握ってきた。

涙で潤んだその瞳、なんかすごく結花と既視感があるから……マジでやめてほしい。

「中学生の頃の結花のこと……聞いてますか？」

「……ほんの、少しだけ」

『アリステ』のゆうなちゃんに大抜擢《だいばってき》されて、声優になる少し前。

結花にも俺と同じく、不登校だった時期があったと――ちらっと言ってたことがある。

それ以上のことは聞いてない。

結花が話したいなら別だけど、こっちから詮索するのは……違う気がするから。

「結花が、不登校だった頃……僕は強くなるって決めたんです。誰よりも優しい姉が、これ以上傷つかないで済むように――しっかりしようって、変わってみせるって。そして僕は、『イケメン男子』として生きるようになりました」

前段と後段の繋《つな》がりが、ごめんよく分かんなかった。

「そんな生き方が染《し》みついたせいか……いつも、結花を心配する気持ちが勝っちゃって。つい子ども扱いした言い方になっちゃう……自分でも、どうやって直せばいいか分からないんです。離れていても、心はずっと結花のそばにって――いつも思ってるのに」

「勇海……」

不器用ながら姉を思いやる勇海の姿に――なんだか、結花が重なって見えた。

自分のことより大事な人のことを優先して。空回ったり、ちょっと疲れちゃったり。

そんな優しいところが、そっくりな姉妹だなって。

そう思ったから――俺は勇海の手を、ギュッと握り返した。

「分かったよ、勇海。俺が必ず、君と結花がまた仲良くなれるよう……協力するから」

「本当ですか⁉　あ、ありがとうございます、お義兄さん！　なんという優しさ――結花が本気で好きになる気持ちが、とっても分かります‼」

「い、いや……そんな大したことじゃ――」

その瞬間――パチッと音がして、部屋の照明が点《つ》いた。

そして、俺の後ろから……ドシッという重い足音が。

「本気で好きになる……？　い、勇海、遊くんに……何してんの？」

「ゆ……結花？　こ、これは違うんだって。俺はただ、勇海の悩み相談を……」

「い、勇海って呼んでる⁉　どうして夜中に、二人が急接近して、しかもギュッて手を繋いでんの⁉　勇海、説明してよ‼」

「落ち着きなよ、結花」

勇海が不敵な笑みを浮かべた。

昼間のイケメンモードみたいなテンションで。

そして――――。

「結花が好きになるほどの相手、どんな素敵な殿方か……見定めてたんだよ、僕は」

「………ふーざーけーるーなー‼」

これまでの同棲《どうせい》生活で聞いたことのない声量で、結花が怒った。

そんな結花に向かって微笑を浮かべつつ、いなしてる勇海。

内心は――結花に怒られて、めちゃくちゃ凹《へこ》んでるだろうに。

「遊くんは、私の！　遊くんなんだからねっ⁉　もうぜーったい、ちょっかい出さないでよ⁉　分かった、勇海⁉」

「ああ……怒った顔も可愛いよ、結花？」

「もぉー！　ぜんっぜん、分かってないじゃんよー‼」

……我ながら、安請け合いしてしまったなって反省する。

盛大にすれ違ってる、この姉妹の仲を取り持つのは――かなり難儀しそうだわ。

第6話　【生まれてから】小さい頃の思い出を語ろう【これまで】

「遊《ゆう》にいさん」

「……どうした、勇海《いさみ》？」

きゃーきゃーと、後ろで黄色い声援が飛び交ってるのが聞こえる。

まぁ、こんな駅から外れたところにある喫茶店に——アイドル級の美貌を持った、爽やか高身長イケメンが来れば、そうもなるだろう。

ただし、この子は——紛れもなく女子なんだけどな。

黒い執事風の衣装が良く似合う、男装の麗人——それが綿苗《わたなえ》勇海。俺の義理の妹だ。

「昨晩の反省を活《い》かして……結花《ゆうか》のいないところでお話を聞きたく思いまして。どうやったら、結花と仲良し姉妹になれるか……ご伝授ください、遊にいさん‼」

「まず、その遊にいさんってなに？」

「結花の気持ちに少しでも近づこうと、『遊くん』という呼び名からヒントを得て、考えました！　第二案として、『遊くんさん』というのもありますが」

「うん、遊にいさんでいいよ……」

そんな澄んだ瞳（青いカラーコンタクト着用）で、じっと見られても。

「っていうか、その態度で結花を敬えば、すべて解決すると思うんだけど。本当に」

「それができれば、苦労しないです……っ！」

グッと唇を噛《か》み締《し》めて、勇海は悔しそうに呟《つぶや》く。

「皮肉なものですね……結花を護《まも》れるくらい強くなりたいと願った結果、結花に疎《うと》まれるようになるなんて――」

「あのぉ……こちら、サービスのパフェでございますぅ♪」

まったく空気を読まないタイミングで、若い女性店員さんが、勇海に対してパフェを提供してきた。注文してないのに。

そんな店員さんに対して、勇海はふっと微笑《ほほえ》み掛ける。

「へぇ。この店のサービスは、相当なものだね」

「お客様に喜んでもらいたくてぇー♪　どうぞ、パフェを召し上がって――」

「違うよ。パフェのことじゃなくって」

「え？」

「君みたいな美女が、こんなに素敵な笑顔を向けてくれるサービスが……素敵だなって、言ったんだよ」

「きゃあぁぁぁぁぁぁっ♪」

何、この茶番。

絶句する俺のことをちらっと見て、勇海は深くため息を吐《つ》いた。

「結花にもこんな風に、強くなった僕の言葉で、喜んでほしいのに……」

「強くなったって繰り返してるけど、さては勇海、ただチャラくなっただけだな⁉」

もう、ふざけてるのか、本当に悩んでるのか。

義兄《あに》としては判断できないんだけど。

「……あ。そうだ、勇海。結花が不登校だったのって……いつなんだっけ？」

「え？　中二の冬頃、からですね……その頃から僕は、強くなろうと誓」

「じゃあその前！　結花が中一の頃とか、小学生の頃とか‼　どういう風に接してた？」

「結花が、小学生の頃か……僕も結花も、その頃は結構キャラが違いましたね」

やっぱりそうだよな。人に歴史ありって言うし。

かく言う俺も、そうだった。

中三までは『オタクだけど陽キャ』なんて選ばれた人種だと思い込んで、オタク話で盛り上がりつつ、男女問わずフィーバーして調子に乗っていた。

そして、当時恋してた相手——野々花来夢《ののはならいむ》に、絶対成功すると信じて告白して。

玉砕。クラス中に広まる噂《うわさ》。からかいの嵐。

そして、しばらくの不登校期間を経て——俺は変わった。

二次元の女神であるゆうなちゃんと出逢《であ》い、三次元女子との恋なんて二度としないと誓って——『恋する死神』となった。

そんな風に……結花と勇海にも、今とは違う『過去』があるんだとしたら。

それこそが打開策になるんじゃないかって……思うんだ。

◆

「それじゃあ、綿苗家のアルバムを、僕から見せようと思います」

勇海は自分のキャリーバッグを開けると、中から分厚い四冊のアルバムを取り出した。

結花が微妙な顔をしながら、勇海に尋ねる。

「勇海、あんた……最初から遊くんにアルバム見せようと思って、持ってきてたの？」

「うん？　違うよ。僕が旅先で辛《つら》いとき、悲しいとき——可愛い結花の写真を見て、癒やされたいと思ったからさ」

「……うん。ツッコミどころは、いったん置いとくけど。それじゃあ勇海――あんたの好きなときに好きなだけ見ていいから、アルバムを仕舞おっか？」

「今がまさに、僕が見たいときなんだけれど」

「よーし、分かった！　じゃあ、どこかみんなに見えないところで、一人で見よっか⁉」

結花の言葉の端々から、凄《すさ》まじい『見せるなオーラ』を感じる。

だけど、ここでアルバム作戦が頓挫してしまっては元も子もないから……。

「あー、俺も昔の結花の写真、見てみたいなー。ほら、やっぱり許嫁《いいなずけ》の小さい頃ってどんな感じなんだろうとか、気になるからさ！」

「あたしも、見たい。絶対、ちび結花ちゃん、可愛《かわい》いし」

本気で見たいだけだろう那由《なゆ》からも、援護射撃がきた。

そうやって、俺と那由からお願いされた結花は……。

「ち、ちょっとだけだよ？　あと、勇海！　変な写真とかないよね？　そういうのは、ちゃんと抜いてからにしてね？」

「そこは僕を信頼してよ、結花」

どうにか納得した結花に対して、勇海は澄ました顔で答えた。

そして――分厚いアルバムの一ページが、ゆっくりと開かれる。

「まずはこれ。一歳より前かな？　父さんとお風呂《ふろ》に入ってる、裸の結――」

「勇海ぃぃぃぃぃぃぃ‼」

凄まじい勢いでアルバムを取り上げると、結花は容赦なく勇海の額を角でぶん殴った！

これにはさすがに、いつも余裕ぶってる勇海も顔をしかめる。

「ゆ、結花……角はだめでしょ。本気で死ぬから……」

「一発目からやってくれたわね……私のあられもない写真を、よくも遊くんに！　ま、まだ私……遊くんに裸を見せたことなんて、ないんだからね⁉」

「や、結花ちゃん。スク水で一緒にお風呂入る方が、幼児のそれより卑猥《ひわい》だし」

「スク水でお風呂？　それは一体どんなシチュエーションでのコスプレなのかな？」

「うきゃ――‼　もうやだー、死んでやる――‼」

羞恥心が凄《すご》すぎて、もう収拾がつかない結花。

取りあえず俺は、隣にいる那由の頭を、思いっきりしはたいてやった。


――テイク2。

「じゃあ、まずはこれです……僕が生まれたときですね。横でピースしてるのが、二歳の頃の結花」

泣いている赤ちゃん勇海の横で、満面の笑みでピースしてる結花。

ツインテールにしてるもんだから、なんだかゆうなちゃんっぽいなって、つい笑ってしまう。

「お次はこれです。二人とも小学校に上がる前。近所の公園で遊んでるところですね」

「結花ちゃんが、プラスチックのバット持って笑ってんの、怖くね？」

「覚えてますよ、このとき……魔法少女のステッキの代わりにぶんぶん振り回して、そこら辺のベンチに当てちゃったり、最後は僕にも……」

「結花ちゃん、やんちゃすぎね？　マジうける」

「やーめーてー⁉　叩《たた》いたことを陳謝するから、私の黒歴史を語るのはやーめーてー⁉」

絶叫する結花。

しかし勇海は、冷静にアルバムをめくり続ける。

「これは小二のときですね。変身コンパクト的なおもちゃを持ってるのが、結花です」

「へぇ。結花もこういうの好きだったんだ？」

「う、うん……まぁね、えへへっ」

「ちなみにこのコンパクト、僕の誕生日プレゼントだったんです。もらって数分後に、結花の方がはまっちゃって、結局は結花の私物みたいに――」

「結花ちゃん、やんちゃがすぎるし。マジうける」

「やーめーてー!? ネットで出品されてないか調べるから、やーめーてー!?」

絶叫する結花。

しかし勇海は、冷静にアルバムをめくろうと――。

「……って。いったん待とうか、勇海?」

「え、どうしてです遊にいさん? まだこれから、結花の可愛い写真が目白押しなのに」

こいつ、そもそもの主旨を忘れてるな。

アルバムを通じて結花に、昔のほっこりエピソードを思い出してもらって、姉妹の仲を改善する――それがこの、アルバム作戦なのに。

見ろよ、結花を。頭を抱えて、絶望に打ちひしがれてるだろ?

このままじゃまずい――ここは俺が、テコ入れしないと。

「色々写真を見たけど、今とイメージが違うね。結花は小さい頃、どんな子だったの?」

「え……うーん。なんだろうー……そうだなぁ……」

急な俺の質問に、結花は真面目に悩みはじめる。

それから、ちらっと勇海の顔を見て——語りはじめた。

「こう見えて、私……ちっちゃい頃は、やんちゃだったの。『私が一番！』って感じで、やりたいことがあると駄々をこねて、家族が結局折れちゃう、みたいな」

「TVのチャンネル争いも、絶対に結花が勝ってたよね」

「……面目ないです、はい」

「でも、僕はそんな結花に——結構助けられてたよ。ちっちゃい頃の僕は、引っ込み思案だったからね」

【姉】やんちゃ　↓　学校では地味で無口で無表情
【妹】引っ込み思案　↓　イケメン男装コスプレイヤー

ビフォーアフターの激しい姉妹だな……。

「受け身だった僕は、結花に引っ張られて、色んな経験ができたよ。二人で近所を探検したり、一緒にアニメを観《み》たり……あと、そうだ。よく本を読み聞かせてくれたよね？」

「……そうだね、読んでた。本が好きなのは、ちっちゃい頃から変わってないから」

ぱらっと勇海が、アルバムをめくる。

勇海が小学校に入った頃の写真だろうか。

季節が夏なのか、二人ともキャミソールにハーフパンツなんて軽装で、布団《ふとん》にうつぶせになって一冊の本を見ている。

結花は目をキラキラ輝かせて、大きく口を開けて、本を読んでいるみたい。

それに対して勇海は、真剣な瞳で本を見つめている。

「あ！　懐《なつ》かしいね、勇海！」

「うん。結花に読み聞かせてもらうの、大好きだったな」

結花と勇海が、写真を見ながらいい感じで話してる。

「結花が読むと、まるで本の中の世界にいるような――そんな感覚になってたのを覚えてるよ。この頃から声が綺麗《きれい》で、感情を込めて本を読むのが上手だったもんね」

「……恥ずかしいけど、ありがと勇海。そうだね……声がいいって、この頃によく褒められてたよね。特に、勇海には。そう、だから私は――声優を志したんだと思う」

「僕のおかげってこと？」

「調子乗らないの、もぉ。でも……少しは、勇海のおかげだと思ってるよ」

そう言って、はにかむように笑う結花。

そんな結花を見て、勇海は嬉《うれ》しくなったんだろう。

やめとけばいいのに……さらにアルバムをめくって、得意げに語りはじめた。

「声優のきっかけといえば、この小六のときの写真もそうだよね。覚えてる、結花？」

そこに写ってる結花は、フリルで飾られた可愛いワンピースを着ている。

ただし……顔は大変なことになってるけど。

変な化粧のせいで。

「アイドルの真似《まね》をする！　って言って、母さんの化粧品を勝手に使ってさ。チークを額まで塗りたくって、鼻の下まで口紅がはみ出したこの顔で――当時のアイドルソングを歌ったんだよね。いやぁ、あのときから結花は、ＴＶに出られるほどの美声で……」

結花の表情が段々『無』に近づいてるけど……勇海は話に夢中で、気付きもしない。

そして、ぽつりと。

結花は呪詛《じゅそ》みたいに――呟《つぶや》いた。

「……勇海、きらい」

そして、その日の夜。

さめざめと泣く勇海の愚痴に付き合わされたのは――言うまでもない。

第7話　俺と許嫁が、家で学校再現やってみた

「………ん？　あれ、十一時前？」
眠い目を擦《こす》りながら布団から這《は》い出すと、結構な時間になっていた。
目覚ましは無意識に止めたのか、鳴った記憶すらない。
隣を見ると、結花《ゆうか》の布団は既にたたまれている。
「休みとはいえ、寝過ぎたな……」
呟きつつ——絶対に心労のせいだよな、と思う俺。
勇海《いさみ》という、パンチの利いた義妹に振り回され。
那由《なゆ》という、どうしようもないわがまま実妹に言葉責めされ。
心労が祟《たた》らない方が、どうかしてる。
だけど——今日は久しぶりに勇海も那由も不在だ。
勇海は秋葉原の方に遊びに行くとかで、夕方までいないし。

那由は「気になってた映画、はしごしてくる」とか言ってたから、やっぱり夕方近くまで帰ってこない予定。映画代は、俺からせびってたけど。

というわけで、リビングに行けば結花しかいないはず。

最近バタバタしまくってたから、久しぶりに二人の時間だなぁとか思いつつ。

俺はゆっくりと――リビングのドアを開けた。


「おはよう、結花」

「……こんにちは、の時間だと思うのだけど」


予期しない冷え切った結花の言葉に、俺は固まってしまう。

すると、ダイニングテーブルでコーヒーを啜《すす》っていた結花が、ゆっくりと顔を上げた。

「夏休みとはいえ、だらけすぎ」

「えっと、寝過ぎたことは認めるけど……ちょっと頭を整理させてくれる？」

朝起きたら、許嫁《いいなずけ》が塩対応になってました。

しかも、出《い》で立ちまでいつもと違うのです。

長い黒髪をポニーテールに結って。細いフレームの眼鏡をかけて。

しかも、学校指定のブレザーを着ているのです。

「――って。これ、完全に学校結花だな⁉　なんで家なのに、学校仕様になってんの⁉」

「別に」

「違う違う！　確かに学校での結花ならそう言うだろうけど！　こっちは真面目に質問してるの‼」

「……仕方ないわね」

小さくため息を吐《つ》くと、結花はゆっくりと眼鏡を外した。

そして、垂れ目っぽくなった瞳で、俺のことを見て。

「やっほー、遊《ゆう》くん！」

「眼鏡を外さないと、普通に喋《しゃべ》れない身体《からだ》なの、結花は？」

「細かいことはいいのっ！　えへへー、久しぶりに二人っきりー‼」

無邪気に笑う様子は、確かに普段どおりの結花なんだけど……。

なにせ、着てるのがブレザーだし、学校仕様のポニーテールだし。

学校のお堅い結花との密会――って感じしかしない。背徳感がヤバい。

「遊くーん。遊くん、遊くん、ゆーうーくーん‼」

「その普段のテンションをやるなら、制服はやめようか、結花？」

「……それはできないわ」

スチャッと眼鏡を着用すると。

つり目っぽくなった瞳で、結花は無表情に俺のことを見る。

「これは練習なの」

「練習？　なんの？」

「……登校日のとき。二原《にはら》さんに、混乱して塩対応をした私だけど。佐方《さかた》くんに対しては、正直――休みボケで、危なかったわ」

「危ないって、何が？」

「……五回ほど、『遊くん』って呼びそうになったわ。あと、『好きー‼』も二度ほど言い掛けて、死ぬかと思ったの」

マジで危ないやつだった。

そんなことしたら、すぐにクラス中の噂《うわさ》になって、延々とひそひそ話といじりの餌食《えじき》になってしまう。控えめに言って、地獄。

「だから、練習というわけ。学校での距離感を取り戻すための」

「言いたいことは分かったけど……何をするの？」

「シミュレーションよ。学校での二人の」

「要は、俺と結――綿苗《わたなえ》さんが、学校をイメージしながら行動する練習、ってことか」

「そうよ」

説明を聞いても、やっぱり背徳感が強いんだけど。

取りあえず俺は、結花の正面の席に座ろうとして――。

「待って。佐方くん」

結花が無表情のまま、俺を制した。

そして、スチャッと眼鏡を外すと……。

「もぉ、それじゃあ練習にならないでしょー？　私が制服を着てるんだから、遊くんも制服に着替えてくださーい。シチュエーションを再現するには、まずは身だしなみから！」

「……それ、コスプレだよね？　正しい意味でのコスチュームプレイ」

「ちーがーうー。できるだけ再現度を上げて、学校の練習をするためですー」

首をぶんぶん振るのと合わせて、ポニーテールが左右に揺れる。

このやり取りをしてる方が、目の毒だな……。

もう仕方がないので、俺は制服に着替えるため、自室に戻ろうとする。

「あ、あとね遊くん……着替えてきた後に、ひとつだけお願いが……」

「ん？　お願いって、なに？」

振り返ると、眼鏡を外した学校結花が、もじもじと人差し指を合わせて上目遣いにこっちを見ている。

そして、頬を赤らめながら、言った。

「んっとね……真正面に座られちゃうと、『きゃー遊くん、格好いいー‼』ってなって、頭の中が好きしかなくなっちゃうから……斜め前に座ってほしいな？」

――この調子で、果たしてまともに学校でのシミュレーションができるのか？

うん。多分だけど……嫌な予感がする。

◆

そして制服に着替えて、リビングに戻ってくると。

俺は、結花の斜め前に着席した。

「こんにちは、綿苗さん」

「……ええ。こんにちは、佐方くん」

一瞥《いちべつ》だけすると、再び視線をダイニングテーブルに落とす結花。

そこに置かれてるのは、学校のノート……じゃないな、それ!?

前に見たことあるぞ、それ……結花が自分の料理メモに使ってる『結花のひみつのレシピ本☆』だ!

そんなレシピ本に、何やら書き込みをしてる結花。

つい気になって、俺はそーっと『結花のひみつのレシピ本☆』を覗《のぞ》き込んだ。

☆結花ちゃん特製♡豚肉の生姜《しょうが》焼き　～愛情を添えて～☆
①キャベツをトントン、千切りにします!
②豚肉に薄力粉をかけます! 注:片栗粉じゃないことを、きちんと確認しよう!!
③すりおろし生姜(大さじ2杯) しょうゆ(大さじ2杯) 料理酒(大さじ1杯)
砂糖(大さじ1杯) 混ぜまーす。たれになりまーす。
④ごま油をひいたフライパンで、豚肉がこんがりするまで焼いて、たれを入れる!
■ポイント 中火で炒《いた》める 全体に味がなじむまで■
⑤お皿に盛り付けたら、豚肉の生姜焼きの完成っ!!
⑥～愛情は、添えるだけ～

「どこが学校の再現なのさ!? 愛情を添えるのは、今じゃないでしょ‼」

「……静かにして、佐方くん。あと、人のノートを勝手に見るのは……覗きと同じよ」

授業（という設定）中に、『結花ちゃん特製♡豚肉の生姜焼き ～愛情を添えて～』のレシピを書いてた人が、なんか言ってる。

これもう、シミュレーションじゃなくて、絶対に笑ってはいけない綿苗結花でしょ……。

「どうして悶《もだ》えているの、佐方くん？」

「なんでもないよ……綿苗さん」

「そう。なら、いいのだけど」

無表情にそう言うと、結花はスッと眼鏡を外した。

そして、すぅっと息を吸い込むと。

「きーんこーん、かーんこーん。おひるだよ！」

スチャッと、眼鏡を掛ける。

「……あら、もう十二時ね。お昼よ、佐方くん」

「コントでもやってんの、結花？」

「気安く呼ばないでくれる？ 遊く……佐方くん」

つられそうになったけど、どうにか堪《こら》えて。

結花はすっと、キッチンの方に移動した。

そして、制服の上にエプロンをつけると、無表情のまま料理の準備をはじめる。

「佐方くん、お弁当を忘れたの？……はぁ、仕方ない。調理実習のついでに、私が作ってあげるわ」

「待って。どういう世界観なの、これ？　設定ガバガバすぎない？」

「豚肉の生姜焼きを作るけど……文句言わないで」

「その伏線か、あのレシピ本‼」

もはや学校らしさなんてない、ぶっ壊れたシチュエーションだけど。

ポニーテールに眼鏡という学校仕様の結花は、あくまでも淡々とした態度で料理を作っている。


――学校の制服の上にエプロンをして、二人きりの家で料理をしてる綿苗結花。

四か月も同棲《どうせい》してるんだし、格好さえ除けばいつもの風景なんだけど。

格好のせいで、なんだかすごく、いけないことをしてる気持ちになる……。

そうこうしてるうちに、結花はフライパンから、生姜焼きを皿に盛り付けた。

そして、すっと目を瞑《つぶ》ると——左手を皿の前にかざした。

「………………」

愛情を添えてる……。

全体的にふざけてるようにしか見えないけど、これを素でやっちゃうのが——俺の許嫁《いいなずけ》なんだよなぁ。

「はい、佐方くん。食べてもいいけど、どうする？」

「あ、うん。ありがとう綿苗さん……いただきます」

そして再び、二人が対角線上になるよう、ダイニングテーブルにつくと。

俺と結花は、『結花ちゃん特製♡豚肉の生姜焼き ～愛情を添えて～』を食べはじめた。

あくまでも、学校の昼食というシチュエーションをイメージして。

「………………」

「……どうかしら、佐方くん」

「ん？　おいしいよ。料理上手なんだね、綿苗さん」

「特に」

「………………」

「……お肉、硬くないかしら。佐方くん」

「ん？　柔らかいよ。よく生姜焼き作るの、綿苗さん？」

「普通」

「…………」

「…………わー‼」

唐突に叫んだかと思うと、結花は眼鏡を取って、シュシュを外してポニーテールをほどいた。

服装は制服のままだけど、首から上は素の結花。

これはこれで、なんだか見ちゃいけない感じがする格好だな……。

「やっぱり、終わり！　シミュレーションは終了‼」

「どうしたの、急に……っていうか、結構前から設定は破綻してたと思うけど」

「うー……だって、遊くんとせっかく二人っきりでご飯なんだよ？　なのに、普通にお喋《しゃべ》りできないとか……もったいないじゃんよ」

黒くて艶《つや》やかなロングヘアを揺らして。

眼鏡を外した垂れ目な結花は、上目遣いにこちらを見つめて——頬を赤らめる。

服装は、学校指定の夏服。

なんだか、甘酸《あまず》っぱい青春みたいなシチュエーションに、俺はドキッとして——。

「……なに、このプレイ？　昼間から、お盛んすぎじゃね？」

「那由ちゃん、これもコスプレの醍醐味《だいごみ》だよ。コスプレは、大衆が思っているほど淫靡《いんび》なものばかりじゃない。シチュエーションを再現することで、演じる側も観《み》る側も楽しめる――そんな、演劇に通ずるところがあるのもコスプレのひとつの魅力だと、僕は思うな」

いつの間にか開いていたドアの外から、冷静な講評が聞こえてきて――二重にドキッとさせられた。

廊下に立っているのは、俺の妹――佐方那由。

そして、男装姿の結花の妹――綿苗勇海。

パッと時計を見ても、時刻はまだ午後三時前。君たち、帰ってくるの早すぎない？

「んじゃ、質問。昼間っから夫婦が、制服を着ていちゃついてんのは、演劇に通ずる系のコスプレ？」

「あははっ……正直これは、ただのプレイだね！」

「うきゃあああああ⁉」

那由と勇海の言葉責めを受けて、結花が絶叫とともにテーブルの下にもぐった。

そして、消え入りそうな声で。

「ここにー、結花はいませんー。今まで見えてたのはー、VR結花ですー」

「無理があるな⁉ VRゆうなちゃんならともかく、VR結花って‼」

「隠さなくていいし。あたしたちは退散するから、子どもできるまで続けな。マジで」

「さすが遊にいさん、結花の心をばっちりキャッチしてますね！ 結花、遊にいさんにちゃんとエスコートしてもらうんだよ？ 子どもな振る舞いをしないよう、気を付け――」

「う〜〜〜‼ もう謝るから、みんな……お願いだから、一回出てってよぉぉ‼」


そして夕飯時。

四人でダイニングテーブルを囲んだときの結花は、いつぞやの変装用キャップを目深《まぶか》にかぶっていた。おそらく真っ赤になっているだろう顔を隠すために。

ちなみに夕食のおかずは――昼の残りの、生姜焼きでした。

第8話　俺の妹、人に懐《なつ》かないにしても限度があると思うんだが

「うう……遊《ゆう》にいさん。どうして僕は、いつも結花《ゆうか》に怒られるんでしょう？」

「……えっと。逆に、なんで怒られないと思ったの？」


結花プレゼンツ、佐方遊一《さかたゆういち》と綿苗《わたなえ》結花の、学校シミュレーション……の後。

結花は恥ずかしさのあまり、帽子を目深にかぶって、無言で夕食を食べてたんだけど。

そのときに——勇海《いさみ》が放った余計な一言が、これだ。

「結花、帽子を取ってくれないかな？　結花の照れている可愛《かわい》い顔は……夕食を彩《いろど》る魅力的なデザートなんだから」


その後、むちゃくちゃ怒られた。

そうして結花に怒られまくった結果——夜に部屋でさめざめと泣いているのが、今の勇海ってわけ。

いい加減この子は、自分の言動を客観的に捉えた方がいい。

「僕はただ、落ち込んでる結花を励まして……一緒に楽しい食事にしようって。そう思っただけだったのに……っ！」

「なら、そう言えばよかったよな。変に回りくどく、口説き文句みたいな言い方をするから怒られるんだと思うけど」

「できないんですって……結花を心配するのが癖になってるから、つい子ども扱いしちゃうし。コスプレイヤー活動や男装喫茶で、こういう喋り方が染《し》みついちゃってますし。どうやったら直せるのか、全然分かんないんです！」

義妹のこじらせ方が尋常じゃなくて、ちょっとなんてアドバイスしたらいいのか分かんない。

アルバム作戦のときも、結花の可愛さをアピールしたかった気持ちは分かるけど、結果的に結花の黒歴史みたいな写真ばかり推して怒られてたし。

勇海の感覚は、致命的にズレてる。

なんだろう、結花もそうだけど……姉妹揃《そろ》って天然なのかもしれない。

「遊にいさん！」

唐突に声を大きくしたかと思うと、勇海がギュッと俺の手を握った。

そして、結花にそっくりな大きな瞳を潤ませて、俺のことを見ると。

「お願いします。結花に愛されまくってる遊にいさんから……手ほどきをいただきたいんです」

「それは分かったけど……まずは手を離そうか？　この間もこういうシチュエーションを見られて、結花に怒られたばっかだろ？」

「お礼ならなんでもしますから！」

「だから、人聞きの悪い言い方をするなってば！　こんなところ、結花に聞かれでもしたら――」

　そう俺が言った矢先。

　バタンと、凄《すさ》まじい勢いで扉が開け放たれた。

　そして、俺のことをギロッと睨《にら》んでいるのは――那由《なゆ》。

「話は聞かせてもらった……結花ちゃんを呼んでくるわ」

「待て待て。那由、落ち着け、話せば分かるから」

　しかし俺の制止も聞かず、那由はドタドタと二階に駆け上がっていく。

　そして……無理やり起こされたのか、目元を擦《こす》ってる結花を連れてきた。

「うにゅ……なぁに、那由ちゃん？　頭がボーッとするよぉ……」

「結花ちゃん。あの二人を見て。事件は寝室で起きてるわけ」

俺が口を挟もうとするよりも先に、那由がたたみかけるように話を進めていく。

そして那由は——とんでもないことを、口にした。

「妹は見た！　兄さんが……勇海に夜這《よば》いをしてるとこを」

「ん……んん!?　よ、夜這い!?」

結花は一気に眠気が覚めたらしく、カッと瞳を開いた。

その隣でドヤ顔をしてる那由。

「ちょっと遊くん、どういうことなの!?」

「それはこっちのセリフなんだけど!?　どういうつもりだよ那由!?」

「あたしはただ、事実を伝えただけだし」

「どこが事実だ！」

「はぁ？　ふざけてんの？　ちゃんと聞いてたし。『結花を愛してるみたいに、手ほどきください』『じゃあ、まずは手を離してから、こういうシチュエーションで……』『なんでもします』——そんな卑猥《ひわい》なやり取りをね！」

「お前、中途半端《ちゅうとはんぱ》に聞いた情報で勝手な解釈すんなよ！　完全にデマだぞ、それ!?」

「うわ……言い訳とか、やば。許嫁《いいなずけ》の妹に手を出そうとした挙げ句、実の妹に罪をなすりつけるとか。妹権侵害だわ、マジで」

どうして我が家は『妹』に当たる人間が、どいつもこいつも面倒くさいんだろう……。

「遊くん……ひどいよ」

そして、そんな那由の妄言を信じてしまった結花は、しょんぼりとした顔で言う。

「勇海に手を出すくらいなら――わ、私に夜這いすればいいじゃんよ！　私だって、な、なんでも、するもん‼」

「とんでもないこと言ってるの分かってる、結花⁉」

「分かった……やっぱり胸なんだね。勇海って男装してるときは隠してるけど、本当は巨乳だから――巨乳を狙ったんだねっ‼」

「ごめん。もうこうなってくると、大きい胸が嫌いになりそうだよ……本当に」

「ふふっ……まったく。結花はいつも、早とちりさんだね」

そうして事態が大ごとになっていく中で。

絶対余計なことを言う奴《やつ》が、なんか口を挟んできた。

結花と同じくらいの長さの黒髪。

眼鏡を掛けたパジャマ姿の、結花に似た顔つきをしてる義妹――綿苗勇海。

「結花、勘違いしないで。確かに僕は、遊にいさんを慕っているよ？　だけどそれは、遊にいさんが――結花をとても愛しているから。心配なことばかりな結花を支えてくれる大切な義兄《あに》に、手を出すなんて愚かなこと……この僕がするわけ、ないじゃない？」

「心配なことばかりとか、失礼なんですけど！　私はお姉ちゃんだよ⁉」

「そう。そうやって論理的に考えれば、この事件――犯人は明白だよね」

結花の主張をスルーして。

不敵な笑みを浮かべながら、勇海は那由の顔を見た。

そんな勇海を、那由はぎろっと睨む。

「……なに？　あたしのせいにするわけ？」

「怒る気はないよ？　気持ちは分かるからね。自分の大好きなお兄ちゃんを取られそうで……焼きもちを焼いたんだよね、那由ちゃん？」

「は、はぁ⁉　ふざけんなし！　ないから、マジないから‼　あたしがこんな、うだつの上がらない兄さんに、焼きもち焼くとかありえないし‼」

「ふふっ。そうやって焦《あせ》る顔も、可愛いね。よしよししてあげようか？」

「……うざ。何この、テンプレ優男ぶった馬鹿」

テンプレ優男ぶった馬鹿。

その暴言が、勇海には思いのほか刺さったらしく――。

「……ごめん。それは訂正してくれるかな？　仮にも僕は、男装コスプレイヤー界隈《かいわい》では名の知れた存在で、『執事喫茶』ではナンバーワン執事だよ？　テンプレだったら、ここまでの地位になれないよね？」

「で？　引っ掛かる女子が、見る目のない可哀想《かわいそう》な奴ばっかなだけっしょ？　あたしから見たら、優男ぶってる調子乗った寒い奴だし。取り巻きがいるから天狗《てんぐ》になってるだけの、裸の王様感が半端《はんぱ》ないわ。マジで」

「……聞き捨てならないね」

お互いに睨み合いながら、バチバチと火花を散らしあう妹たち。

――かくして。

実妹と義妹の、『妹戦争』が幕を開けた。

◆

翌朝。

妹たちのごたごたで、寝るのが遅かったおかげで、目を覚ましたのは十時過ぎ。

ぼんやりする頭のまま、俺は階段をおりて、リビングに向かう。

「おはよ……」

リビングのドアを抜けると、そこは『異世界』だった。

「ふはぁ……那由ちゃん、可愛いぃぃぃ……」

「……にゃ。那由は、お義姉《ねえ》ちゃんの、にゃんこだし」

「…………」

ソファに座ったまま、でれでれしきった顔をしてる結花。

そんな結花の膝の上でごろごろ転がってるのは、ネコ耳をつけた那由。

その光景を見ながら頰をピクピクさせてるのは、勇海。

…………どうしたらこんな状況になるのか、見当もつかない。

ネコ耳は多分、前に結花がコスプレショーしたときのやつだと思うけど。

「……那由ちゃん。いい加減、そこをどいたらどうかな？　結花も疲れると思うしさ」

「けっ！」

「私はへーきだよっ！　だって、こんなに那由ちゃんが甘えてくれるなんて……ふへっ、可愛《かわい》いしかないもん！」

「にゃっ」

　にゃっ、て。

　普段の荒くれ者な那由しか知らない俺としては、可愛いとかよりむしろ怖い気持ちが先に来る。結花は超でれでれだけど。

「お義姉ちゃんの、にゃんこ那由だし」

「きゃー‼　可愛いー‼」

「君さ、自分がどれだけ恥ずかしいことやってるのか、分かってる？」

「けっ。男装して女子囲って、有名人ぶってる奴ほど恥ずかしくないし。うざ」

「くっ……うぅ……こうなったら！」

　結花を取られたショックから、ぷるぷる震えてた勇海が――リビングを飛び出した。

　そして、再び帰ってきたかと思うと。

「じゃあ、僕は遊にいさんの、わんこになろうかな？」

　寝起きでまだ男装をしてない勇海は、眼鏡を掛けた結花そっくりな顔のまま。

　頭に犬耳をつけて、首にトゲ付きの首輪を巻いて。お尻には尻尾をつけて。

　俺のことを、潤んだ瞳で見つめてきた。

「どう、遊にいさん？」

「しゃれにならないから、今すぐやめてほしい」

「伊達《だて》にコスプレイヤーやってないですから。那由ちゃんの雑なネコ耳とは違う……本格的なわんこに変身しました。遊にいさんの、ペットです……くーん。わんわんっ♪」

意味不明なことを言いながら、勇海はガバッと俺に抱きついてくる。

豊満な胸の圧力が、腕を通じて俺の脳にダメージを与えてくる。

ああ……これ脳が死ぬやつだ……。

「きも。なに兄さんに取り入ってんの？　結花ちゃんを取られた腹いせ？」

「義理の兄と仲良くするなんて、家族として当然じゃないかな？　それとも那由ちゃん……やっぱり遊にいさんを取られて嫉妬してるの？　可愛いなぁ、那由ちゃんは」

「してねーし。嫉妬してるのは勇海っしょ」

「いいや。嫉妬してるのは那由ちゃんだね」

ネコ耳の那由と、がっつり犬コスプレをした勇海が、不毛な争いをはじめる。

もう呆《あき》れた以外の感想が出てこない。

「………勇海」

そのとき。

膝から那由をおろすと、結花はすくっと立ち上がった。

そして、俺の腕に絡《から》んでる勇海の方へ、無表情のまま向かってくる。

あ、これ……結花が勇海に、マジで怒るやつじゃない？

「勇海、年貢《ねんぐ》の納めどきっしょ。結花ちゃんにがっつり怒られろし」

ソファにあぐらを掻《か》いて、ニヤニヤしながら勇海を煽《あお》る那由。

お前、本格的に性格悪いな……。

勇海もさすがにヤバいと思ったらしく、俺からパッと身体《からだ》を離した。

そんな勇海の間近まで辿《たど》り着いたところで、結花は――。


――ぎゅうっと。


勇海のことを、強く抱き締めた。

「え、ゆ、結花……？」

「遊くんに絡んだのはムカッとしたけど……私の方が先に、那由ちゃんばっか可愛がったのがよくなかったね。ごめん、勇海。那由ちゃんが可愛いのも事実だけど……勇海だって、私の可愛い妹なのは、ずっと変わんないよ」

「…………結花」

勇海は口を開き掛けたけど、何も言わずそのまま結花を抱き返した。

うん、それが正しい。

お前は喋《しゃべ》ったら、火のないところすら爆発させかねないからな。

「……けっ。なんかいい感じですねー、けっ」

那由は頭の後ろに手を組むと、つまらなそうに立ち上がり、リビングを出ようとする。

そんな那由の肩に、俺は手を伸ばした。

「……なに、兄さん。どうせお説教っしょ？　聞きたくないんだけど」

「違うって。そうじゃなくってだな……えっと」

唇を尖《とが》らせてる那由を見ながら。

俺はちょっと躊躇《ちゅうちょ》しつつも………。

那由の頭を、軽く撫《な》でた。

「は？」

那由がパッと目を見開く。

そんな那由から目を逸《そ》らしつつ、俺は小さな声で呟《つぶや》く。

「いや……結花の言葉を聞いてさ。俺もなんだかんだ、お前より勇海と話すことが、最近多かっただろ？　那由はいつも俺を邪険にしてるし、まぁいいだろって思ってたけど……ひょっとしたら、嫌だったのかもしれないなって。ごめんって……思ってさ」

「………兄さん」

そう伝えて、俺が頭を撫でてると。

那由は珍しく、静かに俯《うつむ》いて――――。

グリッと、俺の足の甲を踏みつけた！

「いった⁉　おま、全力で踏むのは、さすがにやば……」

「兄さんが変なことするからっしょ！　馬鹿じゃん？　あたしはそんなの、気にしたことないっての‼　調子乗んな！　マジで‼」

なんか見たことないくらい顔を真っ赤にした那由が、俺の胸のあたりをべしべし叩《たた》いてくる。めっちゃ痛い。

――――と、そんなこんながあって。

「はい、勇海。那由ちゃんに一言は？」

「……ごめんね、那由ちゃん」

「ほら、那由。お前からも」

「……悪かったし、勇海」

結花と俺の促しによって、ひとまず『妹戦争』は幕を閉じた。

妹同士、今後はもう少し仲良くしてくれたらいいんだけど……。

「那由ちゃん、やっぱり遊にいさんのこと好きだよね。もっと素直になれば可愛いのに」

「きも。その喋り方やめろし」

「……ここまで僕に反抗的な女子、初めて見たよ。本当に」

「けっ。『さすがです！』しか言わない取り巻きとは違う、あたしの正論でも味わえし。その天狗《てんぐ》みたいな鼻……いつかぶち折ったげるから。マジで」

五分も持たず、再び言い合いをはじめる二人を見て、俺は深くため息を吐《つ》いた。

——結花と勇海の関係だけじゃなく、那由と勇海の関係も考えなきゃだな、これ。

第9話　【キャンペーン企画】ゆうなが、あなたのおうちにやってくる！

「んじゃ。結花《ゆうか》ちゃん、兄さん。しばらく旅行してくるわ」

玄関で靴を履きながら、那由《なゆ》がキャリーバッグに手を置いて言った。

お盆時期だけど、この間とは違う友達と旅行に行くんだとか。

「いってらっしゃい、那由ちゃん！　気を付けて行ってきてねー‼」

「旅行が終わったら、そろそろ親父《おやじ》のとこに帰るのか？」

「はぁ？　やば……妹を家から締め出そうとするとか、通報案件じゃね？　夏休みに、なんで父さんと二人で過ごすの、馬鹿なの？　ぜってー、この家に戻ってくるし」

凄《すさ》まじい睨《にら》みを利《き》かせてくる那由。

いやまぁ、別にこっちはいいんだけど……親父、可哀想《かわいそう》じゃね？

そんなことを考えてると、那由がぐっと俺の腕を引っ張って、耳元で囁《ささや》いてきた。

「……兄さん。あたしがいない間に、結花ちゃんとうまくやんなよ。勇海《いさみ》もいなくなった、絶好のチャンスなんだし」

そう――今朝の始発電車に間に合うように、勇海は出ていった。

旅行する那由と同じくらいの荷物を持って。

なんでも今日から数日間、友達のところに泊まった後に、地元に戻る予定らしい。

「勇海がいたら、また色々ややこしいし……ここで決めなよ、男なら」

「……何を決めろと？　っていうか、ややこしくしてるのは、お前も一緒だからな？」

「はぁ……マジ鈍すぎね？　そんなん、決まってんじゃん――授かり物的な意味だし」

「馬鹿なの、お前？」

「馬鹿はそっちっしょ。だって兄さんじゃん？　子ども作って繋《つな》ぎ止めとかなきゃ、ぽいって捨てられるし。なぜなら、甲斐性《かいしょう》なしだから」

……びっくりするくらい見下されてる気がするけど、もうツッコむだけ無駄な気がしてきた。

――というわけで。

勇海に続き、那由もしばらく留守にするから。

久しぶりに数日間……俺と結花は、二人きりの時間を満喫することとなった。

「…………」

結花が二階の自室に行っている間、俺はリビングのソファに腰掛けて、コーヒーをひたすら啜《すす》っていた。

那由と勇海がいるときは、騒々しくて困ってたけど——急に静かになって、しかも結花と二人きりなんだと思うと。

なんか変に意識して、そわそわ落ち着かないな……。

「取りあえず、なんかアニメでも観《み》るか……」

独《ひと》り言《ご》ちながら、TVのリモコンを手に取ったタイミングで。

「————それでは！　キャンペーンに当たった方を、紹介したいと思います‼」

いつの間にか廊下に来ていたらしい結花が、なんの脈絡もなく声を上げた。

キャンペーン？　なんの話してんの？

……なんて、思っていると。

「それではー、発表でーす！　でけでけでけでけー……じゃじゃーん‼　はい、キャンペーンに当たったのは……『恋する死神』さんですっ！　きゃー、ぱちぱちー‼」

「えっと、ごめん結花。ちょっとテンションについていけな……」

「と、いうわけで！　今日は私——和泉《いずみ》ゆうなが『ゆうな』になりきって、『恋する死神』さんのおうちに、お邪魔しちゃいますねー‼」

俺の質問を遮りつつ、強引にそう言いきると——結花はリビングにぴょんっ、と入ってきた。

いや……結花じゃない。

茶色いロングヘアのウィッグをかぶって、頭頂部でツインテールに縛って。

眼鏡を掛けてないから垂れ目だし、口元は猫みたいにきゅるんってしていて。

ピンクのチュニック、チェックのミニスカート、黒のニーハイソックスという、黄金パターンの服装をして。

——うん。我が天使、ゆうなちゃんが現実に現れたね。

ＯＫ。俺は死んだ。

「はーい、こんにちはっ！　ゆうなが遊びに来たよっ‼」

和泉ゆうなの格好をした結花が、当たり前みたいにそんなことを言ってのけた。

俺は戸惑いがちに、尋ねる。

「えっと……結花？　今回は一体、どういう主旨のイベントなの？　この間、学校のシミュレーション的なのやったけど……そういうシリーズ？」

「あー！　死神さんってば、ひっどーい‼　ゆうなだよっ！　結花なんて名前じゃないもんっ‼　違う女の子と間違えるなんて……もー、知らないっ！」

ＯＫ。俺はもう一回死んだ。

悶《もだ》えている俺の顔を覗《のぞ》き込んでくる『彼女』。

「今日はね？　キャンペーン企画『ゆうなが、あなたのおうちにやってくる！』なんだよっ！　見事キャンペーンで選ばれた、ゆうなの一番のファン『恋する死神』さんのところに——次元を超えて、ゆうながやってきたってわけ！　えへへっ」

つまり……ここにいるのは、綿苗《わたなえ》結花でもなく。

声優・和泉ゆうなでもなく。

ゲームの中から飛び出してきた——ゆうなちゃんってこと？

次元の法則が乱れる。

脳がぐわんぐわんして、まるで夢でも見てるみたいに、ボーッとしてくる。

「じゃあ、これから――ゆうながいっぱい、死神さんのことを楽しくさせちゃうから……覚悟してよね？」

うんうん。分かったよ――ゆうなちゃん。

俺は今、すべての次元を超越して、夢の世界に来てるって……理解したよ。

もう現実に帰ってこれない気がするけど……愛さえあれば関係ないよね？

◆

『マサ。俺は今……ゆうなちゃんと一緒にいる』

『おお、遊一《ゆういち》！　お前もその次元まで達したんだな‼　ちなみに俺は、二十四時間ずっと、らんむ様が目の前にいるぜ‼』

昂揚《こうよう》する気持ちのまま、マサにＲＩＮＥを送ってみたけど、向こうの方がもっと上級者だった。マサの場合は、ただの妄想だけど。

「ちょっとぉ！　ゆうながいるのに、スマホいじんないでよー‼」

前屈《まえかが》みな姿勢でソファに腰掛けていたら、もぞもぞと後ろに回り込んだゆうなちゃんが、ギュッと俺のことを抱き締めてきた。

はい、また死んだー。

「……ゆうなにこんな顔させて、ぜーったい許さないもん。罰として……好きって、百回言ってよ……ばぁか」

「ひっ⁉」

耳元で囁かれたもんだから、なんとも言えない甘美な電流のようなものが、全身をビリビリと流れていった。

前にイベントでゆうなちゃんが言ってたセリフの、アレンジバージョン。

俺は一体、何度死ねばいいんだ……。

「えへへっ。ねぇねぇ、死神さん！　どう？　ゆうなと一緒で、嬉《うれ》しい？」

「嬉しすぎてヤバいよ、ゆうなちゃん……」

「そっかぁ！　良かったぁー、えへへー♪」

背中側から俺をギュッと抱き締めたまま。耳元でご機嫌な声を出すゆうなちゃん。

頭がとろけていく。

だけど……ふっと、結花の顔が脳裏をよぎる。

もちろん俺のためにやってくれてるって分かるから、嬉しいしかないんだけど。

どうして結花は、今日これをやろうと思って――。

「『恋する死神』さん。ちょっとだけ……そのまま聞いててね？」

そんなことを考えてると。

俺の背中にこつんと額を当てて、ゆうなちゃんがぽつりと囁《ささや》きはじめた。

「ゆうなはね、『第一回　八人のアリス投票』で三十九位になったんだ」

「うん、知ってるよ。おめでとう……ゆうなちゃん」

「ありがとう、『恋する死神』さん……ここまで来れたのは、あなたのおかげだって、ゆうなは思ってるんだ。だから今日は――そのお礼を、ちゃんとしたかったの」

ゆうなちゃんから、『恋する死神』へのお礼。

それをきちんと届けたかったから――結花はこんなシチュエーションを、わざわざ準備してくれたのか。

「ゆうなちゃん……ありがとう。だけど、それは違うよ。『恋する死神』に、そんな力はない。全部、全部……ゆうなちゃんの努力の成果だよ」

「………『私』がどんなに辛《つら》いときでも、『恋する死神』さんは、いつだって応援してくれたじゃんよ……それが、どんなに嬉しかったか」

ゆうなちゃんの声が震えたかと思うと、口調に変化があった。

だけど俺は、敢《あ》えてそれは指摘せずに――『彼女』の言葉に耳を傾ける。

「私、声優になる前……自分に自信がなかったんだ。それで、思いきって『アリステ』のオーディションを受けて、和泉ゆうなになれたけど……それでも失敗ばっかで、凹《へこ》んでばっかで」

「だけど、ゆうなちゃんの声は……中三の冬に絶望してた俺の心を、救い出してくれた。失敗ばかりじゃないよ。ゆうなちゃんの声は――間違いなく『恋する死神』を助けた」

「……助けられたのは、私だもん」

「俺の方だよ、助けられたのは」

そんな言葉を交わしあって。

俺はゆっくりと後ろに向き直り――涙目になってるゆうなちゃん、もとい。

綿苗結花の頭を、ぽんぽんした。

ツインテールにしてる茶髪のウィッグが、ふわりと揺れる。

「結花。いつもありがとう」

「こ、こっちこそ……遊《ゆう》くん、いつもね？　本当に……ありがとう。大好き」

そう言って、結花は笑った。

その無邪気な笑顔は、ゆうなちゃんみたいでもあるけど。

素の表情で笑ってる、普段の結花そのもので。

――俺までなんだか、つられて笑っちゃうんだよな。いつも。

◆

「遊くーん。ゆー。遊くーん。ゆ、ゆ、ゆー♪」

俺の膝の上にごろんと寝転がって、結花は楽しそうに意味もなく俺の名前を呼んでる。

ゆうなちゃんモードから着替えた結花は、いつものさらさらな黒髪に、水色のワンピースという格好。

なんだか嬉しそうにずっと笑ってる結花を見てると、気恥ずかしくなるから……俺は用もないのにスマホをいじってる。

「どうだった？　ゆうながおうちに来た感想は？」

「命の危機を感じたよ……尊すぎて、死ぬかと思った」

「えへへー。喜んでくれたんなら、なによりですっ！」

「……別に特別なことをしなくても、結花がいるだけで、毎日楽しいけどね」

ぽろっと言ってから、俺はハッと口を塞いだ。

なんか今、俺……めちゃくちゃ恥ずかしいこと言っちゃったよな？

「ゆ、ゆゆゆ、遊くーんっ‼」

だけど、時既に遅し。

俺の言葉を聞いて瞳をキラキラ輝かせはじめた結花は、俺のお腹《なか》あたりに――ぐりぐりっと、自分の顔を埋《うず》めてきた。

結花の息づかいが温かくて、なんだかお腹がくすぐったい。

「……私も楽しい。遊くんの許嫁《いいなずけ》になれて、ほんっとうに……幸せだよ」

「……うん」

俺はそんな結花の頭を、ゆっくりと撫《な》でた。

さらさらの黒髪が、俺の指先をくすぐる。

――那由や勇海がいるときも、騒がしすぎるところがありつつも、なんだかんだ楽しいんだけど。

こうして結花と二人きりで、ゆっくりしてるときは――なんだか心が、ぽかぽかと温かくなるような気がして。

……無意識に表情が、緩んじゃうんだよな。

「あ、遊くんが笑ってるー‼」

そんな俺をめざとく見つけた結花は、嬉しそうに目を細めた。

「そういう結花だって、笑ってるでしょ」

「そりゃあそうだよ。好きな人が笑ってたら、つられて笑っちゃうなんて、当たり前じゃんよー」

そんな風に冗談めかしてから。

結花は、満面の笑みを浮かべて――言ったんだ。

「ゆうなも、結花も。ずーっと、そばにいるよ！　だーかーら……一緒に笑お？」

もう、十分すぎるほど笑わせてもらってるけど。

そうだね……これからも、二人で笑えるといいなって。そう思うよ。

第10話　許嫁とコミケに参加したことがある人、どこを回ったか教えて

うだるような暑さ。刺すような日差し。

そんな中で、白いTシャツ・ジーンズ・黒いキャップという格好をした俺は――結花《ゆうか》と一緒に、尋常じゃない長さの列に並んでいた。

あまりの暑さに、汗がだらだらと流れ続ける。

「えへへーっ！　遊《ゆう》くんとー、コミケー♪」

そんな俺のそばで、なんか鼻唄を歌いながら、楽しそうに身体《からだ》を揺らしてる結花。

この間のお忍びデートでは、和泉《いずみ》ゆうなになった上で、髪をおろして目深《まぶか》にキャップをかぶってた結花。

だけど今日は、なんたってコミケ。その二日目。

ゆうなちゃんっぽい格好の方が目を惹《ひ》く可能性が高いし、そもそもウィッグとキャップの組み合わせは熱中症になりかねない。

というわけで、今日の結花は家仕様のまま目立ちにくい服装をし、逆に俺がキャップを深くかぶって顔を隠すことにしたわけだ。

マサあたりが来てたら、見つかって困るのは俺の方だしな。

「遊くん。えっとね……言いにくいんだけど」

言葉を選びつつそう言うと、結花は俺からちょっとだけ距離を取った。

ふわっと、スカートの裾が揺れる。

「あんまりね？　私に近づいちゃ、だめだよ？」

「どうしたの、結花？　万が一知り合いに見つかってもまずいし、変に近づきすぎるつもりはないけど」

「むー……そういうことじゃなくって！」

両腕でバッテンを作って、結花はしかめっ面《つら》をしてきた。

「……汗かいちゃってるから、だめなのー。汗のにおいとかして、幻滅させちゃったら、やだもん」

前にも似たようなこと、言ってたな。

二次元は無臭だから、汗のにおいで嫌われちゃうかも、的なこと。

まったく。さすがにそんなことくらいで、幻滅しないってのに。

そもそも、普段から結花——いい匂いしか、したことないし。

「それにしても……すごい行列なんだね、コミケって！」

「結花は初めてのコミケ参加なんだっけ？」

「うん！　初めてのコミケはー、遊くんと一緒ー♪」

笑顔で歌うように言う結花に、俺はつい吹き出してしまう。

中三の冬に、『アリステ』と出逢《であ》って。

高一の冬に、初めてコミケに参加した。

初参戦のときは、マサと一緒に来たんだけど……ごめんな、マサ。今日は一緒に行けなくって。

前回は初めてのコミケだったから、ただただ会場の熱気に圧倒されて終わっちゃったけど……今日の俺は、ひと味違う。

回りたいサークルは、事前にチェック済み。

会場内をうまく回れるよう、ルートだって考えてある。

初参戦の結花を案内しながら……目当てのものは、全部ゲットしてみせる！

「あ！　遊くん、見て見てー‼」

やたら嬉《うれ》しそうな声が聞こえたもんだから、俺は結花の指差す方向に目を向けた。

「あ……『アリステ』だ」

入場口まであと少しのところ。

そこにある電光掲示板に、いくつかのソシャゲの広告が出ていて。

その中のひとつが——『アリステ』のものだった。

「すごーい！　こんな大きなイベントで、『アリステ』が宣伝されてるなんて……えへへっ。なんだかとっても、ドキドキするね‼」

「そうだね……『アリステ』も、ここまで来たんだなぁって。なんだか感慨深くなるよ」

そう言って結花と笑いあうけれど……俺はほんのちょっとだけ、胸が苦しくなるのを感じた。

当然といえば当然なんだけど。

広告に出ているキャラは、『八人のアリス』だけ。

アリスアイドルは百人近くいるから、八人を選抜して載せるのは仕方ないのも分かるんだけど……。

ゆうなちゃんがいない広告を結花が見るっていうのは、なんだか複雑な気持ちになる。

俺にとって、ゆうなちゃんが唯一無二の存在なことは揺るがないけど。

ゆうなちゃんに魂を吹き込んでる声優——和泉ゆうなとしては、やっぱり寂しいんじゃないかなとか。そんな心配をしちゃうから。

「ゆーうくんっ！」

考え込んでいた俺の頬を、結花がぷにっとつついてきた。

それから、にこっと笑って。

「ありがとう、心配してくれて。でもね？　私は八人の中に選ばれてなくたって、応援してくれるみんながいるって知ってるから……ぜんっぜん、大丈夫だよっ！」

「……結花、エスパータイプだったの？」

「どっちかっていうと、フェアリータイプがいいなぁ……じゃなくって！　遊くんが顔に出しすぎなのー」

「うっ……ゆうなちゃんのことだから、力が入り過ぎちゃったかな」

「えへへー。でも私は、そんな優しい遊くんが――大好きだけどねっ！」

当たり前のように「大好き」なんて言われると、なんだかくすぐったくなる。

結花の愛情表現は、いつもストレートなんだよね。

――そうこうしてるうちに。

列もだいぶ進んで、俺と結花は館内に足を踏み入れた。

直射日光こそなくなったものの、館内の熱気も凄《すさ》まじい。

「すっごーい……こんなにたくさんの人が来て、ブースの人たちは一生懸命作品を創って……本当に、すごいなぁ」

「結花こそ、声優としてすごく頑張ってるでしょ」

「でも、他にもたくさん頑張ってる人たちがいるんだなぁって思うと――もっと、力が湧いてくるじゃん！　私も、もっと声優としてレベルアップしなきゃって‼」

そう言いながら、グッと拳を握り締める結花。

気合いの入ってる結花に、なんだか微笑《ほほえ》ましい気持ちになる。

「じゃあ、まずはこっちから回ってもいい？」

「うん！　初めてだから……優しく教えてね？」

「えっと……誤解を招くから、その表現はやめよう？」

「えへへっ。はーい」

そうやって無邪気に笑う結花と一緒に――俺はブースを回りはじめた。

◆

「すみません、これ一冊ください！」

目当てのブースに辿《たど》り着くと、俺は中身を見る間も惜しんで、即購入。

五百円を支払って同人誌を手に入れた俺は、次のブースへと向かう。

そして、即決で次の同人誌もゲット！

「遊くん、どんな内容か知ってるの？　さっきから立ち読み、一切してないけど」

「内容は事前にネットで試し読みした程度しか知らないけど……俺が百パーセント満足できる作品だってことだけは、分かってるから」

そう言って俺は、購入した同人誌を結花に見せる。


『【朗報】ゆうなちゃん、どこでも可愛《かわい》いしかない。』

『ゆうな×らんむ　凸凹ラブドリーム☆』

『ゆうなちゃん（嫁）』


「ほらね」

「ほらね、じゃないよ！　ゆうなの本ばっかじゃんよ‼」

「大丈夫だって。俺は健全なものにしか、手を出してないから」

「キリッとした顔で何言ってんの……もー、ばか……」

自キャラメインの同人誌が恥ずかしいのか、結花は顔を手で隠した。

まだ公式でメインを張ったことないもんね、ゆうなちゃん。

だけど――コミケに来れば、ゆうなちゃんを一番に推してて。
本まで創っちゃうような……本気のファンがたくさんいる。
そんな同志たちの作品を、買い漏らすわけにはいかないから。
俺は――全ゆうなちゃんメイン本を、手に入れるんだ！

……………とは言っても。


当然、らんむちゃんたち『八人のアリス』ほど、たくさんのサークルがゆうなちゃんメイン本を創ってるわけじゃない。

数か所回ったところで、俺は目当ての品をすべて買い終えた。

「お待たせ、結花……なんか気になる本があったの？」

「え!? い……いいえーなんにもみてないよー」

「なんでそんな棒読みなの？」

誤魔化そうとしてるのが見え見えな結花。

俺はちらっと、結花が見ていた方向に視線を向ける。

そこは、特に女性ユーザー人気が高いソシャゲ――『闘犬《とうけん》ランデブー』のブース。

闘犬を擬人化した男性キャラたちが魅力の作品なんだけど……結花ってこの作品好きだったんだなって思いつつ、平積みの同人誌を見る。

それは——ちょっと強面《こわもて》のおじさんキャラが、黄色い髪のショタキャラのアゴを、くいっと持ち上げてる表紙。

ああ……そういう。

「ゆ、遊くん！　もう行こうよ、なんでそっち見てんのー‼」

「気にせず買ってきなよ。前々から、ひょっとして……って思うこと、何回もあったし。BがLなのを好むのは、女子オタクあるあるだって思ってるしさ」

「……引かない？」

「引くわけないでしょ。人が好きなものは否定しないって……心に決めてるんだから」

二原《にはら》さんとの件があった夏祭りのとき——改めて俺は、自分に誓ったんだ。

自分の好きなものは、絶対に大切にして。

誰かが好きなものは、絶対に否定しないって。

「……んと。ちょっと、待っててね？」

戸惑いがちにそう言うと、結花はおずおずとブースにできてる列に並んで、お目当ての同人誌をゲットしてきた。

嬉しそうに笑ってる結花を見て——一緒に来てよかったなって、心から思ったんだ。

◆

お互い目当ての品をゲットし終えた俺たちは、会場を散策していた。

そして興味本位で来たのが、ここ——コスプレ広場。

「わぁ……こっちも凄《すご》い人だかりだね」

結花が感心したように言う。

コスプレ広場は、色んな作品のキャラクターに扮《ふん》したコスプレイヤーさんたちと、カメラをかまえた無数のファンたちで埋め尽くされていた。

初参戦のときは、俺もマサも、ブースを回るだけでいっぱいいっぱいだったから……コスプレ広場に来るのは、俺も今回が初めてだ。

「ああ、いいっすね、そこら辺！　んで、顔が写るように、『トーキングブレイカー』をもうちょい下に……ああ、そうそう‼　じゃあお願いします——さぁ、お前のショータイムを変える、通りすがりの唯一人……」

カシャ、カシャ、カシャ。

何連射か撮影してから、カメラをかまえてた女子は、すごい勢いで立ち上がると——。

ビシッと……変身ポーズを、決めてみせた。

「——参上！　仮面ランナーボイス‼　ぶっちぎるぜぇ……っ‼」

「なんで撮る方がポーズ決めてんのさ……二原さん」

「うへあ⁉」

俺が声を掛けると、めちゃくちゃテンパった二原さんが、あたふたしながら振り返る。

そして、俺だってことが分かると……安堵《あんど》したように深く息を吐き出した。

「なぁんだ、佐方《さかた》かぁ……ビビったわぁ。あ、てか結《ゆう》ちゃんもいるじゃん！　やばっ、こんなとこで会えるとか嬉《うれ》しすぎなんだけどー‼」

「桃《もも》ちゃん！　えへへー、偶然だねっ！　でも……すごいね、そちらのコスプレイヤーさん。完全に『仮面ランナーボイス』だ……」

結花がそう言いたくなるのも分かる。

二原さんが撮影してたコスプレイヤーさんは、自作と思われる『仮面ランナーボイス』のスーツを着て、劇中どおりのポーズを決めてて……見事すぎる再現度だったから。

「こちらの人、長年『仮面ランナー』のスーツを造ってててね？　今日のコミケに出るってブログで知ったら、我慢できなくって……うちは撮影に来たわけよ」

「みんな、色んなコスプレをしてるんだねー。あっちの人は『闘犬ランデブー』のキャラだし、あっちの人は完全にらんむちゃんを再現してるし……」

「きゃああああああああ‼」

そのときだった。

広場中に響き渡るほどの黄色い声援が聞こえてきたのは。

「ん？　なんかすごい盛り上がってんねー。ちょい見に行こ？　結ちゃん、佐方」

「あ、ちょっと桃ちゃんー」

そうして俺と結花と二原さんは、黄色い歓声がやまない広場の中央あたりに移動した。

カメラをかまえた無数の女性陣に囲まれて、ふっと微笑を浮かべているのは――執事服のよく似合うイケメン。

いや……訂正。

どんなイケメン男子にも勝る美貌を持った、男装の麗人だった。

「ふふっ……みんな、あんまり大きな声を出さないで。みんなの想《おも》いは伝わってるし、なにより……そんなに声を張り上げたら、可愛い声がかれちゃうでしょ？」

「いやぁぁぁぁぁぁぁ‼　勇海《いさみ》さま素敵ぃぃぃぃぃぃぃぃ‼」

絶叫する女性ファンたち。

なんか、二人くらい失神するように倒れたし。

「……うげ」

そんな凄《すさ》まじい状況下にいる妹を見て、結花は嫌そうな表情を浮かべた。

「遊くん、桃ちゃん。早く行こ？　私、ここに巻き込まれたくな――」

「……あれ？　結花じゃない。どうしたの、こんなところで」

勇海がそう言うと同時に、先ほどまでの大歓声が――ピタッと止まった。

おそるおそる、俺と結花は後ろを振り向く。

そんな俺たちを見つめたまま――勇海はにこっと、爽やかに微笑んでる。

次回……波乱のコスプレ広場編だな、これ。

本気で勘弁してほしいんだけど。

第11話　【事案】人気コスプレイヤーに絡《から》まれたら、大変なことになった

俺と結花《ゆうか》と二原《にはら》さんで、コスプレ広場の中央に来たところで。

黄色い声援を浴びていた、執事服の麗人――綿苗勇海《わたなえいさみ》が、俺たちに爽やかな笑顔を向けてきた。

勇海を囲んでる女性陣の視線が、一斉に俺たちへと注がれる。

そんな状況下で、勇海の姉である結花は――。

「あー、もうこんな時間だー。早く帰らないとー」

演技丸出しな感じでそう言い放つと、俺の手を引いて勇海に背を向けた。

「え？　ちょい結《ゆう》ちゃん？　いきなりどったの？　てか、あそこの人、結《ゆう》ちゃんの名前呼んでなかった？」

「ん？　『結花』と『豊か』を聞き間違えたとかじゃない？　ファンの数が豊かじゃないかー、みたいな」

ちょっと何言ってんのか分かんない。

そんな、無理やりな理屈をこねてでも、結花は勇海と距離を取ろうとするけど……。

「スルーなんてひどいなぁ……実のきょうだいなのに」

「きょうだい⁉　勇海きゅんの⁉」

「勇海さまと同じ遺伝子を持った御方が、いらっしゃると言うの⁉」

勇海のたった一言で、ギャラリーが尋常じゃないほど沸き立つ。

勇海……後で後悔するの、自分だからね？

結花を見ろよ。めちゃくちゃ怒ってる顔だぜ、これ。

そうこうしてるうちに、勇海の女性ファンたちが、黄色い声を上げながら俺たちのことを取り囲んだ。

「あ、あの！　勇海きゅんの妹さんですか⁉」

「あ、あたしは勇海さまを愛してます！　妹さん……どうかあたしを、家族公認の関係に！　勇海さまを、あたしだけのものに‼」

「ちょっと、調子乗らないの。妹さんも困ってるでしょ。ダーリンは、私たち――みんなのものなのよ‼」

凄い世界観だな。めまいがしてきた……。

「え、結ちゃん？　あの人の妹とか、マジ系なやつ？」

事情を呑《の》み込めてない二原さんが、首をかしげつつ結花に尋ねる。

結花、ここはノーコメントを貫こう？

そして、早くこの空間から脱出を――。

「わ、私は勇海の『お姉ちゃん』なんですけど！　私の方が勇海より年上だし、妹要素なんて、これーっぽっちも、ないんですけどっ‼」

言っちゃった。

『妹』扱いされるのが嫌な結花にとって、この流れは腹に据えかねたんだろう。

うん、分かる。分かるけど……。

結果的に結花は――大人気コスプレイヤーの姉だと、自ら暴露してしまったわけで。

「お、お姉さま……⁉　勇海お姉さまの、お姉さまってことは、大お姉さま⁉」

「お姉さま――あたしとダーリンの結婚を、認めてください‼　なんでもしますから。ダーリンのためなら、なんでもしますから‼」

さらなるカオスが、俺たちを包み込む。

嘘《うそ》だとは思ってなかったけど、勇海ってマジで女性人気が半端《はんぱ》ないんだな。

まぁ、それは人の趣味だから、とやかく言う気はない。

ただ……これ以上巻き込まれるのは、マジで勘弁してほしい。

万が一にでも、結花の正体が和泉《いずみ》ゆうなだってバレたら、とんでもない騒ぎになるし。

それに俺は――三次元の女性という存在が、基本的に苦手だから。


「――そういえば、大お姉さまのそばにいる男の人は、誰？」


一人の女性が、何気なく呟いた。

それと同時に、三次元女性の視線が、一斉に俺の方へと降り注ぐ。

「ま、まさか……勇海きゅんの、お兄さまなのでは⁉」

「そ、そうなんですか！　勇海さま⁉」

勇海！　ここはうまくフォローしてくれよ‼

こんなところで注目を浴びるとか、俺としては本当に勘弁してほし――。

「ああ、そうだね。僕の尊敬する――『おにいさま』だよ」

勇海ぃぃぃぃぃ⁉

人気コスプレイヤーのとんでも発言に、ファン一同が一気に沸き立った。

「や、やっぱり勇海お姉さまの、お兄さま……‼」

「言われてみると、お顔立ちもどこか似てるような……」

似てないよ⁉　義理だからね、義理！

「ち、違いますからっ‼」

そんなカオスな様相を呈したコスプレ広場で。

結花が──声を張り上げて、必死に主張する。

「遊《ゆう》くんは格好良くって可愛《かわい》くて、世界で一番素敵ですけど……あくまでも、勇海の『義理』の兄ですから！　ぜーんぜん、似てなんかないですっ！　だから……ファンになっちゃ、駄目ですからねっ⁉」

「……義理？」

「義理って、一体……？　なんだか禁断の香りがするわ……っ！」

『義理の兄』というフレーズに、今度はファン一同、妙な詮索をしはじめた。

「えっと……結花？　まず前提として、勇海のファンなんだよ？　この人たちは」

「……でも。遊くんの方が、勇海より断然素敵じゃん……好きになっちゃうよ……」

なんという主観。

自分で言うのも虚《むな》しいけど、勇海より俺の方を推すのなんて、結花ぐらいだからね？

「さぁ！　お前のショータイムを変える、通りすがりの唯一人……参上！　仮面ランナーボイス‼　ぶっちぎるぜぇ‼」

『ボイスバレット【チェンジ】』

そんなカオスな状況下で。

声高な『仮面ランナーボイス』の決めゼリフとともに、声霊銃《せいれいじゅう》『トーキングブレイカー』の音声が響き渡った。

あまりの唐突さに、俺たちも勇海ファン一同も、反射的に振り返る。

そこには――『トーキングブレイカー』をかまえ、『仮面ランナーボイス』のお面をかぶった、謎の少女が立っていた。

お面の隙間から、茶色い髪がふわふわと揺れている。

「さぁ、今のうちだ！　二人とも……ここは任せときな‼」

ヒーローのごとく凛々《りり》しく言い放つ、お面の人。

ありがとう、お面の人。

俺は心からの感謝とともに……結花の手を引いて。

みんなの注意が逸《そ》れている隙に、その場から全力で逃走した。

◆

「よっ。結ちゃんも佐方《さかた》も、お疲れさまっ！」

コスプレ広場から全力で逃げた反動で、ホールにあるベンチに座って、ぐったりしてた俺と結花。

そこに、さっきのお面の少女が現れた。

……いや、正体は分かってるんだけどね。

「助かったよ……ありがとう、二原さん」

「ありがとう、桃《もも》ちゃん……すっごい格好良かった！」

「もっと褒めていいよ！　なんたってうちは、ヒーローだかんね？」

お面を外した二原さんは、なんだかすごい得意げな顔で笑ってる。

「桃ちゃーん！」

「うむうむ。結ちゃん、好きなだけ甘えたまえー」

ギューッと抱きついてきた結花を抱擁し返して、二原さんが頭をなでなでしてる。

その姿は、まるで彼氏のよう。

……うん。

まぁ、二原さんは女子だからね。

別に、他の男に取られたとかじゃないから、いいんだけどね。

「ゆ、結花……？　何をしてるんだい？」

そこに――事態をややこしくすることに定評のある義妹が、やってきた。

執事服の上に、薄地のロングコートを羽織ってる勇海。一応、目立たないようにしてるのかもしれない。

「勇海。取り巻きの人たちは、どうしたんだ？」

「休憩に入るって伝えて、いったん離れてもらって……って、遊にいさん⁉　なんで平然としてるんです⁉　結花が不貞を働いてるんですよ⁉」

「ふ、不貞⁉　失礼なんだけど、勇海！　私はただ、仲良しの女子といちゃいちゃしてるだけだもんっ‼　同性同士のスキンシップだもんっ！」

「あははっ！　結ちゃんってば、めっちゃカワっ‼　ほーれ、わしゃわしゃー」

「えへへー」

「遊にいさん！　同性だって危険ですよ‼　僕と結婚したいって言っているファンのみんなも、僕と同性なんですから‼」

ごめん。さすがに勇海のパターンは、極端すぎて参考になんない。

だけど、どうにも勇海は納得がいかないらしく。

何も手を打たない俺に業を煮やしたのか、自ら二原さんの方に近づいていく。

「初めまして。結花のお友達の方……ですか？」

「そだよー、初めまして！　うちは二原桃乃《ももの》。んっと、結ちゃんの……弟くん？」

「妹だよ、桃ちゃん！　妹‼」

結花がぐいっと二原さんの服の裾を引っ張って、強く主張する。

その仲睦《むつ》まじさを目の当《ま》たりにして……勇海は少しだけ、頬を引きつらせた。

「申し遅れました。僕は綿苗勇海。中学三年生で、結花の……実の妹です」

「へぇ、中学生なんだ！　めっちゃ大人っぽいしー。しかも、妹ってゆーか、イケメン男子系な感じじゃん？」

「そうですね。一応ファンクラブもある、男装専門のコスプレイヤーですから」

「すごっ！　姉は声優、妹は人気コスプレイヤー。佐方……めっちゃすごい家庭と、縁を結んだもんだねぇー」

呑気《のんき》にそんなことを言って、結花のことをギューッとする二原さん。

そんな二原さんに、結花はにこにこ。

勇海は、歯をぎりぎり。

これは……あれだな。

自分も結花とべたべたしたいっていう……勇海の嫉妬。

「桃乃さん……ひとまず、結花と離れませんか？」

「えー、なんでー？　結ちゃん、やわっこくて、めっちゃ癒《いや》されんのにー」

「私も、桃ちゃんと離れたくないー」

「あははっ。結ちゃん、ほんっと可愛いなぁー」

「ぐっ……」

歯が折れるんじゃないかってくらい、ぐぎぎ……ってなってる勇海。

だけど――深呼吸をして、気持ちを落ち着けたかと思うと。

勇海は攻め方を変えて、二原さんにイケメンスマイルを向けながら、彼女のアゴをくいっと上げた。

きょとんとする二原さん。

「ん、なに？」

「桃乃さん。結花を可愛いと言ってますが……あなたも、十分に魅力的な方ですよ？　可愛らしくて、美しい」

「ちょっ、ちょっと勇海！　何やってんの!?　桃ちゃんまであんたの毒牙《どくが》に掛けるの、やめてよ‼」

「僕は正直な気持ちを伝えているだけだよ、結花。桃乃さん、どうです？　あなたも僕の、可愛い子猫になりませんか？」

二原さんを自分の虜《とりこ》にして、結花とのべたべたを止めようっていう……押しても駄目なら引いてみろ的な作戦なんだろうな、勇海的には。

そういうことするから結花に怒られるっていうの、いい加減学習した方がいいと思う。

「ほー。なるほどねぇ……んじゃ、結ちゃん。ちょい離れてて」

「え、も、桃ちゃん!?　駄目だよ、勇海の口車に乗せられたら‼」

「決断が早いところも素敵ですね、桃乃さん。さぁ、それでは僕があなたをエスコートさせていただきま――」

爽やかにそう言って、二原さんの手を引こうとした勇海の額に。

二原さんは——声霊銃『トーキングブレイカー』を押し当てた。

「……えっと。これ、どういうことです？」

……………なんで？

「昨今の特撮番組は、イケメン俳優の登竜門になってるからさ。女性層にも一定の需要があって、劇中でも格好いいキャラクター性を与えられたりしてるわけよ」

なんの話をしてんだ、この特撮系ギャル。

「うちは古い作品に多い熱血レッド！　なキャラの方が好みだけどさ。いざ戦いになると、優男から格好いいヒーローになるってのも、趣があって良いと思う。けど、イケメン妹ちゃんは……隙だらけ。ヒーローっぽさのないただの優男は、眼中にないってお話」

「はたから聞いてても、何言ってんだか意味不明だよ……二原さん」

思わずツッコんじゃったけど、勇海には思いのほか、二原さんの言葉は効いたらしい。

その場にガクッと膝をついて、愕然《がくぜん》としてる。

「ふ、普通の優男……那由《なゆ》ちゃんといい、桃乃さんといい……僕にこれっぽっちもなびかない女性が、こんなにいるなんて……」

那由と二原さんは、さすがに相手が悪かったとしか言いようがないと思う。

なんて、勇海に同情している俺の服の裾を。

結花がくいっと引っ張った。

そして――そっと俺の耳元に、顔を近づけて。

「……ちなみにね。私の好みは……遊くんだよ。どんな俳優や、どんな特撮キャラより……遊くんが大好きっ」

甘ったるい囁《ささや》き声に、耳を伝って頭がぞくぞくっと痺《しび》れる。

どんな場面でも、急にそういうのぶっ込んでくるの、やめてくれない？　じゃないと――そのうち、俺の心臓が止まっちゃうから。本当に。

――と、なんか色んなことがあって。

勇海にとっては、ダメージの大きい一日だったかもしれないけど。

なんだかんだで……結花とコミケに行くのは、楽しかったなって思う俺だった。

第12話　新学期になったら、俺の許嫁《いいなずけ》が変わると思った人、挙手

「んじゃ、兄さん。そろそろあたし、向こうに帰るわ」

夏休みも残り数日で終わりという頃。

風呂《ふろ》上《あ》がりの俺をバルコニーに連れ出した那由《なゆ》は、夜空を見上げながら言った。

今日は天気がいいからか、やけに月が綺麗《きれい》に見える。

「ん。身体《からだ》に気を付けろよ、那由」

「けっ。当然だし」

普通の気遣いをしただけなのに、舌打ちとかある？

そんな愚妹は、俺から視線を外したまま、独り言みたいに呟《つぶや》いた。

「あたしさ。結花《ゆうか》ちゃんが『お義姉《ねえ》ちゃん』で、良かったって思うわけ。勇海《いさみ》は……うざいけど。それでもやっぱ、兄さんのそばにいるのは、結花ちゃんがいい」

「安心しろよ。お前に言われなくても、結花と離れる予定とかないから」

「……兄さんさ。中三で不登校になったとき、辛《つら》かったっしょ？　今でもまだ、三次元女子に抵抗あるくらいだし」

なんで急に昔の話？

疑問に思いつつも、俺は那由に答える。

「もうだいぶ忘れたけどな、その頃の気持ちとか。結花と過ごしたこの数か月が……濃すぎたから」

「ま、確かに。兄さん、一時期よりは笑うようになったしね。マジで」

そう言って、微笑《ほほえ》んだかと思うと。

那由は眉をひそめて、少し声のトーンを落とした。

「……あたし、あんま詳しくは知んないけど。結花ちゃんにも、その……学校行けない時期が、あったんでしょ？」

「結花に聞いたのか？」

「ちらっとね。具体的なことは、全然だけど。でも……結花ちゃんにも、兄さんくらい深い傷があるんじゃないかって、なんか思ったわけ。だから――」

「言われなくても、分かってるよ」

那由に言われるまでもない。

結花の過去を詳しく聞いたわけじゃないけれど。

結花が俺を支えてくれてるように――俺も結花を支えてあげたい。

そう、思ってるから。

「『笑わせちゃおっかな。寂しいのなんて、吹っ飛ばせるように』——結花ちゃん、前にそう言ってたじゃん？」

那由はぽつりと呟くと、俺のことをまっすぐに見てきた。

「あたしは、その言葉を信じてる。結花ちゃんが、兄さんをずっと笑顔でいさせてくれるって。だから、兄さんも……ぜってー忘れんなし」

「何をだよ？」

「はぁ、うざ……兄さんも、結花ちゃんを笑顔にさせるってことだし。夫婦は支え合いっしょ？　結花ちゃんに甘えてばっかだったら……爪はぐから、マジで」

怖いな、表現が⁉

相変わらず毒舌が過ぎる那由だけど……俺はゆっくりと頷《うなず》いた。

「分かってるって。支え合っていくよ……仮にも、夫婦だからな」

「……けっ。末永く爆発してろ」

「あ、あとさ。那由」

「は？　なに？」

相変わらず、つっけんどんな態度を取る那由だけど。

俺はそんな可愛《かわい》い妹の頭を、そっと撫《な》でて……なだめるように言った。

「最近、結花や勇海と絡《から》むことばっかで、ちゃんとかまってやれてなかったなって。その……ごめんな。結花だけじゃなくって、実の妹のお前も……俺にとって、大切な存在だから。ってことで……これからもよろしくな、那由」

我ながら恥ずかしくなるような、感謝の言葉を述べたところで。

言われた側の那由は。

「…………死ね！」

ゴスッと。

俺の鳩尾《みぞおち》目掛けて、絶対にやっちゃいけない速度で肘鉄を食らわせてきた。

「おま……一瞬、呼吸止まったぞ、マジで……」

「に、兄さんが変なこと言うからっしょ！　ばーか、ばーか！　そ、そういうのは結花ちゃんにだけ言えし――勘違いされるよ？　兄さんの……女ったらし」

そんなこんなで。

俺たち兄妹《きょうだい》らしい会話を交わした翌日――那由は父さんのいる海外へと帰っていった。

そして、残りわずかだった夏休みも、あっという間に過ぎて――。

明日はいよいよ、二学期の始業式だ。

◆

「ふふふーん♪　遊《ゆう》くんとー、一緒に登校ー♪」

制服姿の結花が洗面所で、鼻唄を歌いながら髪の毛を結んでる。

夏休み明けの初登校なんて、ただただ面倒なだけなのに……やたら上機嫌だな。

「なんでそんなに楽しそうなの、結花は？」

「え？　だって、学校に行けば桃《もも》ちゃんに会えるし。それに……久しぶりの、遊くんとのドキドキ登校タイムだもん！　テンション上がるしかないじゃんよ!!」

「えっと……一応聞いとくけど。バレないようにするつもり、あるよね？」

「……それは当然よ」

洗面台に置いてあった眼鏡をカチャッと掛けると。

結花は一気に、学校仕様のクールな声色に変化した。

「なんのために、夏休み中に学校シミュレーションをしたと思っているの？　学校でこれまでどおり振る舞えるよう、完璧な練習を積んだのよ」

「あのぐだぐだシミュレーションを、よくもまぁ完璧な練習なんて言えたもんだね……」

正直あれ、やばいプレイだったとしか思ってないけど。

「佐方《さかた》くんにとっては、そうなのね。だけど私にとっては、実のある訓練だったわ。これで何があっても、私が学校で動じることは……」

「結花、可愛いね」

「えへへ～、なぁに、遊くんってばぁ～……恥ずかしいじゃんよー」

「駄目じゃん」

「今のは卑怯《ひきょう》よ」

くいっと眼鏡を指先で持ち上げながら、結花はじっと俺のことを睨《にら》んだ。

そして、学校仕様の無表情でもって、俺に向かって淡々と告げる。

「一応、言っておくけれど。今のようなトラップを仕掛けられたら、アドリブが利《き》かないから。くれぐれも、佐方くんも気を付けるように」

「アドリブ利かないにも、ほどがあるでしょ……まぁクラスに自分の恋愛事情を知られるとひどい目に遭うってのは身に染《し》みてるから、気を付けるけどさ」

「それなら、いいのだけど」

「じゃあ、そろそろ行こうか」

「ええ」

そんな約束を交わして、俺と結花は靴を履き、家を出る。

そして、いつもの通学路を歩き出したところで……。

「あ、あの……」

眼鏡姿の結花は、上目遣いに言った。

「大通りに出るまでは、さっきの約束……なしでお願いしたいでーす……」

小声で言いつつ、ギュッと俺の手を握ってくる結花。

……まぁ確かに。このあたりは人通りがないから、一学期も並んで歩いてたからいいんだけどさ。

こんな調子で、果たして結花が学校でボロを出さないか——心配でしかない。

◆

「よぉ、遊一《ゆういち》……元気そうだな」

「そういうお前は、土気色の顔してんな。マサ」

「逆に聞くけどよ。夏休み最後の日……徹夜でイベントに参加しない理由があるのか？」

お前それ、登校日のときも言ってたよな？

どこまで無尽蔵に課金してんだよ……こいつはいい加減、親から怒られた方がいい。

「やっほ、佐方ぁ！　二学期もよろしくねぇ‼」

そんな俺の背中をバシンと叩《たた》くのは、陽キャなギャル改め特撮系ギャル――二原桃乃《にはらももの》。

茶色いロングヘアを揺らしながら、無邪気にけらけら笑ってる。

ボタンを多めに外してるブレザーの隙間から、豊満な胸の谷間がちらっと見えるもんだから……俺は慌てて目を逸《そ》らした。

「あー！　佐方ってば今、うちの胸、見てたっしょ？」

それをめざとく見つけた二原さん。

まるで面白いおもちゃでも手に入れたように、小悪魔な笑みを浮かべる。

「そっかそっかー。約束したもんねぇ……おっぱいが恋しいときは、うちのこと求めていいよって！　佐方にとって、今がそのときってことかぁ‼」

「お、おっぱ……っ⁉　おい遊一、なんだその羨まし――いやらしい契約は⁉　に、二原！　俺にもその契約の方法、教えてくれ‼　い、いくら課金すればいい⁉」

「うわぁ……倉井《くらい》、きもすぎ」

「なんでだよ⁉　遊一だけ、おかしいだろ‼」

マサの発言もだいぶおかしいけど、まぁ二原さんがおかしいのも分かる。

ってかそもそも、俺はそんなこと頼んでないからね？

「さぁさぁ佐方！　うちの胸に飛び込んどいでー？」

「いやいや、行かないから……だからその、胸をもにゅもにゅってやるのやめて。心が変になるから。本当に」


「学校と性的なお店を、履き違えないでくれる？　……佐方くん」


底冷えするように怜悧《れいり》な声が、静かに響き渡った。

俺はおそるおそる、顔を上げる。

そこにいたのは——綿苗《わたなえ》結花。

家とは違って、眼鏡にポニーテールのスタイルで。

家とは違って、冷たい印象を与える顔つきで。

……ただひたすらに、俺のことを睨みつけている、学校仕様の綿苗結花だった。

「お、おはよう、綿苗さ……」

「話し掛けないで。女子の胸に欲情している、けだもの」

挨拶すらも許さない、恐ろしいほどの怒りのオーラ。

結花は胸のことになると、めちゃくちゃ過剰反応するからな。

二原さんが勝手に暴走しただけなのに、ただただ理不尽。

「やっほー、わったなえさーん！　今日も元気そうだねぇ‼　二学期もよろっ！」

「別に」

家ではあんなに二原さんと会えるのを楽しみにしてたのに、嘘《うそ》みたいな塩対応。

マサなんか、あまりの冷たい空気に固まっちゃってるし。

そんな、凄まじく重苦しい雰囲気の中で、結花はきっぱりと言い放った。

「とにかく……女子のことを胸だと思っているのは、人として下劣だと思う」

「いやいや、思ってないよ⁉」

やばいでしょ、女子のことを胸だと思ってる人とか‼

「おーい、席につけー」

だけど、そんな結花の偏見に満ちた言い分に言い返す間もなく。

担任の郷崎《ごうさき》先生が入ってきたところで、俺たちは散り散りに席についた。

――ブルブルッ♪

着席と同時にスマホが振動したので、郷崎先生に見つからないよう、こっそりRINEを起動する。

『ふーんだ！　遊くんの、ばーかばーか‼　胸はないけど、私だって柔らかいんだから……私に抱きつけばいいじゃんよーだっ』

とんでもなくIQの低い結花のメッセージに、俺は思わず吹き出しそうになる。

さっきまで「けだもの」とか「下劣」とか言ってたのと同一人物とは、到底思えない。

「……結《ゆう》ちゃんからっしょ？　なぁに、可愛《かわい》いRINEでも来たん？」

斜め前の席の二原さんが、こちらを振り返って、にやにやしながら小声で言う。

「可愛いっていうか、だいぶ頭悪そうなのが来たけど」

「いいじゃん、いいじゃん。素直に言えない乙女心……それもまた、かわゆし！」

「おい、二原‼　ホームルーム中だぞ、前を向け！」

「ほーい、すいませーん」

郷崎先生に名指しで注意されて、二原さんは舌をぺろっと出して前に向き直った。

俺もこっそりスマホをしまうと、黒板の方に視線を向ける。

『文化祭　2年A組　クラス代表1人　副代表2人』

大きく書かれたその文言に、俺は「ああ、もうそんな時期か」とぼんやり思う。

文化祭。それは陰キャな俺にとって、ただの強制拷問イベント。

クラスメートと思い出を共有したいとも思わないし、『アリステ』をする時間を削ってまで出し物に注力したいとも思わない俺は――クラス中がわいわい盛り上がってるあの空気が、いつも合わなくて仕方ない。

誰がクラス代表になるか知らないけど、お願いだから負担の少ない出し物にしてほしい。

……なんて、心の中で願っていると。

「はーい、郷崎せんせー。うち、代表やりたいでーす‼」

思わぬ人物が立候補したもんだから、俺はつい変な声を出しそうになった。

立候補したのは――なんかにんまり笑ってる、特撮系ギャルこと二原桃乃。

「おお！　立候補なんて、やる気満々だな‼　みんな、二原が代表でいいかー？」

郷崎先生がクラス中を見回すけど、特に発言をする人はいない。

そりゃそうだよな。文化祭クラス代表なんて面倒な仕事に立候補したい奇特な人間、そうそういるとは思えないし。クラスの陽キャとも親しい二原さんなら、異論もないだろう。

そんな感じで、代表はあっさりと決まったわけだけど。

「んじゃ、先生！　副代表は、うちが選んでいいっすか？　ほら。どうせなら、うちが一緒に仕事したい人に、なってほしいですし？」

「まぁ、他に立候補する奴《やつ》もいなそうだしな。じゃあ二原、誰を指名するんだ？」

「じゃー、うちが一緒にやってみたい二人はー……」

──そのとき、ゾクッと。なんだか背筋が冷たくなるのを感じた。

おそらく、虫の知らせってやつだったんだろう。

なぜなら、二原さんが黒板に書き出した二人っていうのは……………。

「それじゃあ、副代表は……佐方！　そして、綿苗‼　二原の指名で、この二人に決定でいいな、みんな？」

文化祭　２年Ａ組　代表　二原桃乃
副代表　佐方遊一　綿苗結花

──とんでもないことしてくれたな、この特撮系ギャル。マジで。

第13話　【朗報】俺が生まれた日、盛大に祝われる

「はぁ……」

九月三日、金曜日。

始業式の日に早くも心が折れてしまった俺は、マジで学校に行きたくないって思いつつ、布団《ふとん》からもぞもぞ這《は》い出た。

それもこれも……二原《にはら》さんが俺と結花《ゆうか》を、文化祭のクラス副代表に指名したからだ。

「えー？　だって、文化祭だよ？　あんな準備やこんな準備を、一緒にやって……二人の絆《きずな》が深まって！　これまで以上に仲良しになる、最っ高のイベントっしょ‼」

ホームルームの後に問い詰めたけど、二原さんは悪びれる様子もないし。

「た、確かに！　学校でも遊《ゆう》くんと一緒にいられる、合法的な理由ができたもんね‼　えへへ……学校で遊くんと、あんなことやこんなこと……さっすが桃《もも》ちゃん！」

結花は結花で、何を想像したのか、妙にテンションが上がっちゃうし。

「…………はぁ」

何度目か分からないため息を吐《つ》くと、俺は制服に着替えて、よろよろと階段をおりた。

そりゃあまぁ、文化祭のクラス副代表って名目があれば、普段よりは学校で結花と絡《から》みやすいかもしれないけどさ。

それがまったくプラスに思えないほど、俺は――とにかく文化祭が苦手だ。

クラスのみんなで、わいわい準備するあの空気。

うん、勘弁してほしい。

中三の頃の黒歴史を繰り返さないためにも、俺はできるだけ、学校では目立たず空気みたいに過ごしたいんだよ。

たいして親しくないクラスメートと交流するよりも、俺は部屋にこもって『アリステ』でゆうなちゃんをひたすら見ていたい。

なんて……憂鬱になりながら、リビングに移動すると。

「お誕生日、おめでとーう！　遊くーんっ‼」

ぱぁんっと、クラッカーの音が鳴り響いたかと思うと。

満面の笑みを浮かべた結花が、めちゃくちゃ全力で拍手しはじめた。

制服姿にポニーテール。

だけど、眼鏡はテーブルの上に置いてあるという、学校と家の中間みたいな佇《たたず》まいで。

「はっぴーばーすでー、ゆうくーん♪　いえい！　はっぴーばーすでー、ゆうくーん♪　ふぅー！　はっぴーばーすでー、でぃあ……遊くんっ‼　はっぴー、ばーすでー、とぅー……遊くーん‼」

羞恥プレイじみた誕生日ソングが歌い上げられたかと思うと。

結花はキラキラした瞳で、俺のことをまっすぐに見つめてきた。

「どう？　びっくりした？」

「いや、びっくりするでしょ……登校前だよ、今？　普通こういうのって、平日だったら夜とかにお祝いしない？」

「ふふふ……それを逆手に取った、サプライズってやつだよっ‼」

なんか誇らしげに、結花がドヤ顔をしてる。

サプライズとしては成功だと思うけど、普通に遅刻するよ？　マジで。

「というわけで。今日は世界で一番素敵で、世界で一番大好きな遊くんがこの世に生まれてきた——奇跡の日っ！　この遊くん生誕のお祝いを、いーっぱいしちゃうから……学校が終わったら、楽しみにしててね？」

そう言って、不敵に笑う結花。

いや。誕生日を祝ってくれるのは嬉《うれ》しいんだけどね？

その企画者が結花だってのが……一番の心配点なんだよな。

なんたって結花は——超が付くほどの天然だから。

なんだか大暴走しそうな予感しか……しない。

◆

そして帰宅後。

結花に「パーティーの準備が終わるまで、お部屋にいてね！」と言われたので、俺は一人、自室で『アリステ』をして過ごしていた。

『お誕生日おめでとう！　これからも、ゆうながずーっと、そばで笑顔にさせちゃうから……覚悟してね？』

ログインと同時に出てきた、ゆうなちゃんのお祝いコメントに、俺は心がとろけていくのを感じた。

なんという幸せ。なんという女神の祝福。

ありがとう、ゆうなちゃん。俺、本当にこの世に生まれてきて、良かったよ……。

なんて、ゆうなちゃんを凝視したまま物思いに耽《ふけ》っていると……ＲＩＮＥアプリが、着信を知らせてきた。

その相手は――――綿苗勇海《わたなえいさみ》。

夏休みに我が家に襲来して、嵐を巻き起こして帰っていった、厄介な義妹だ。

『お久しぶりです、遊にいさん。お誕生日、おめでとうございます』

「ああ、結花に聞いたのか。ありがとな、勇海」

コスプレイヤーとしてコミケに連日参加したあと、そのまま地元に戻ったから、勇海と話すのは二週間ぶりくらいなんだけど……。

『結花は元気にしてますか？　僕がいなくなって、子猫みたいに寂しく丸まってないですか？　もしなっているとしたら……今すぐ行って、抱きしめてあげたい』

「なってないから。っていうか、それ聞いたら、二度と来るなって言われるから」

相変わらず、姉への偏愛が激しい奴だな。

何がきっかけなのかは分からないけど――中学生の頃、不登校だった結花。

そんな姉を護《まも》れるくらい強くなるって誓った勇海は、男子顔負けのイケメン女子になって。どういう流れなんだか、女性人気の凄《すさ》まじい男装コスプレイヤーに進化した。

その結果……結花を『妹』みたいに扱うのが癖になり、ひんしゅくを買い続けるという悪循環に陥ってる。

――結花と仲良くしたいなら、いい加減自分の言動を省みればいいのに。

『遊にいさんたちの高校、もうすぐ文化祭ですよね？　絶対、行きます。何をするか知りませんが、結花が失敗しないようサポートして……好感度アップを目指しますから！』

「勇海……いい加減、お前が手を出そうって発想を捨てろって。中学生の頃がどうだったかは知らないけどさ。結花はもう……自分の力で、どうにかできるから」

『……確かに、遊にいさんの家に行ったとき、結花はニコニコしてました。自然に笑えるようになったんだなって、本当に安心しました。でも……それはあくまでも、遊にいさんの前で……ですから』

勇海が声のトーンを落として、言葉を選びながら語る。

『遊にいさんには感謝してます。人と接するのが苦手な結花が無邪気に懐《なつ》いているのは、遊にいさんの人徳だと思ってます。だけど……他の人とも同じように接することができているかは、やはりまだ心配なので。文化祭は……結花を助けるつもりで、行きますから』

最後まで結花の心配を口にして、勇海は電話を切った。

まったく。変なところで頑固なのは、お姉ちゃんそっくりだな、勇海。

そんなことを考えていると——今度は違う相手から、電話がかかってきた。

「はい、もしもし？」

『やっほ、佐方《さかた》！　誕生日、おめ‼』

クラッカーと思われる音が、めちゃくちゃ音割れしながら聞こえてきた。

ごめん。スマホ越しに破裂音鳴らすのやめてくんない？

耳がおかしくなるかと思ったよ……。

「っていうか二原さん、よく俺の誕生日なんて覚えてたね？」

『だってぇ？　うちは佐方の、二番目の妻だもん。そんなの、知ってるに決まってるじゃんよー。じゃんじゃんよー』

明らかにからかってるテンションで、二原さんが言ってくる。

二番目の妻て。結花が聞いたら大騒ぎだよ、まったく……。

「結花に聞いたの、俺の誕生日？」

『お、さすがは佐方！　大正解ー。結《ゆう》ちゃんから、「どうしよう桃ちゃん……男の子ってどんな風に誕生日をお祝いしたら喜んでくれるかな？」って、めっちゃ聞かれたかんさー。一応、うちもお祝いの電話くらいしたげよ、って思ったわけ』

「待って。俺の誕生日祝いを……よりにもよって、二原さんに相談したの、結花は？」

『あと、那由《なゆ》っちにも聞いてみるって言ってたかな？』

考えうる限り、最悪の人選だった。

結花との和やかなパーティーを期待してたけど、完全に恐怖のバースデーイベントに変わったわ……心の底から。

『つーわけで。うちと那由っちの、素敵な誕生日プランに、乞うご期待ー♪』

そう言い残して、二原さんは電話を切った。

もう正直、この後の展開に不安しかない。

……って、那由からもＲＩＮＥが入ってるな。

俺は那由とのトークルームを開いて、メッセージを見る。

『童貞十七年目、おめ。そしてさようなら……童貞だった兄さん』

何これ。

怪文書すぎて、もはや祝ってるのかどうかすら分かんないんだけど。

「お待たせー‼　遊くーん、リビングに来てくださーいっ‼」

そんな不吉でしかない愚妹のバースデーメッセージを読んだところで、一階から結花が呼ぶ声が聞こえてきた。

繰り返しになるけど、二原さんと那由のせいで、もはや不安しかない。

俺はおそるおそる階段をおりると、そーっとリビングのドアを開けた。

――すると、そこには。

めちゃくちゃ巨大な、赤いプレゼントボックスらしきものが置いてあった。

「………」

ああ、そういうね。

マンガとかで見たことあるな、この展開。

「がたん、がたんー。ごとごとー」

めちゃくちゃ中に入ってますアピールの声がして、プレゼントボックスが揺れた。

大体オチは見えてるけど……放置するわけにもいかないしな。

俺はいそいそと、巨大なプレゼントボックスの蓋を開けた。

すると、中から飛び出してきたのは――。

「箱の中から、じゃじゃじゃじゃーんっ！　遊くん、誕生日おめでとうー‼」

小さく飛び上がったのは、満面の笑みを浮かべた結花だった。

だけどその格好は、俺が想定していたものを、遥《はる》かに上回る――ヤバい代物だった。


黒く艶《つや》やかな髪をおろした、家仕様の結花。

その頭からぴょこんと生えてるのは、寂しがり屋の結花にぴったりなウサ耳。

身体《からだ》を包んでいるのは、肩が丸出しになってる構造の、黒いレザーのレオタード。

脚にはぴっちり、黒い編み目のストッキング。

そして、なぜか全身に……赤い紐が巻き付いている。

端的に言うと――なんか紐で身体を縛られた状態の、バニーガールな結花だった。

「……ふにゅ。は、恥ずかしいけどね？　プ、プレゼントは……私ですっ！」

「どっちの提案だ、これ⁉　那由か？　二原さんか⁉」

「えっと、バニーは桃ちゃんで……紐で縛るのは那由ちゃんかな？」

地獄のコラボだった。

「えっと、それから……よいしょっ」

さらに結花は、真っ赤なイチゴを口に咥《くわ》えると、キュッと目を瞑《つぶ》って。

「……食べて？　イチゴも……私も。おいしいよ？」

「ねぇ結花、自分が何やってるか分かってる⁉」

「わ、分かってるよ！　すっごく恥ずかしいけど……男の子は、こういう誕生日を求めてるって、二人が言うから……遊くんに喜んでもらいたくて、頑張ってるんじゃんよ‼」

全男子に対する偏見だよ……と言いたいけど言えない、複雑な男心。

とはいえ、こんな刺激的な格好の結花を直視し続けるのは、目の毒すぎる。

「と、とにかく着替えて、結花？　そんな格好しなくっても……お祝いしてくれるだけで、十分嬉しいからさ」

「……うん。分かった、遊くんがそこまで言うんなら」

ぱくっと自分でイチゴを食べると、結花はいそいそとプレゼントボックスから出て、廊下の方へと駆け出していった。

こんな過激な誕生日祝い、人生で初めてだよ……当たり前だけど。

取りあえず巨大な箱を片付けてから、ソファに腰掛けて人心地つく俺。

「……遊くん、調子はいかがですかー？」

バニーガールから着替え終わったのか、廊下から結花が声を掛けてきた。

調子？　なんの？

「あー、大変ですねー。心臓が、すっごくドキドキしちゃってますねー。これはひょっとしたら、破裂しちゃうかも！」

声優にあるまじき棒読みでそんなセリフを口にしたかと思うと。

結花がガチャッとドアを開けて……リビングに姿を現した。

――純白のナース服を身にまとって。

「って！　ぜんっぜん分かってないね、結花は⁉　さっきの流れで、なんでまたコスプレしてんのさ⁉」

「い、一回遠慮してきても、それは強がりで……女性経験の少ない遊くんは、本当は悶々《もんもん》としてて。二回目で落ちるはずだからって、那由ちゃんが！」

「またあいつか‼」

次に帰ってきたら本気でとっちめてやる、あの愚妹め。

それはそれとして……この格好はヤバい。色んな意味で。

家の中だってのに髪の毛をわざわざポニーテールに結って、眼鏡を掛けて。

太ももの半分の長さもないナース服の下には、何も身につけておらず。

しかも胸元は、まともな病院ならNGを食《く》らうだろうってほど、V字に開いている。

「ナースなら眼鏡の方がいいよって……桃ちゃんに勧められたの。どう、似合ってる？」

「お願いだから今後、あの二人にアドバイス求めるのやめてくれないかな……」

げんなりする気持ちと、ドキドキ鳴り止《や》まない鼓動のおかげで、本気で脳がショートしそうだよ……。

「う、嬉《うれ》しくなかった……かな？」

そんな俺の顔を覗《のぞ》き込みながら、結花が心配そうに言った。

その瞳は少しだけ――潤んでいる。

「ごめんね、遊くん。私、好きな人の誕生日を祝うのって初めてで……でも、遊くんにとって人生で一番素敵な一日にしたかったから。色々考えたんだけど……ちょっと暴走しすぎちゃった、かな」

「結花……」

そんなけなげな許嫁《いいなずけ》を……俺は無意識に、ギュッと抱き寄せていた。

「ゆ、遊くん⁉ あ、え、えっと……」

「……暴走しすぎだったのは、事実だけど。その……俺を喜ばせようと一生懸命考えてくれたのは、本当に嬉しかったから。だから――ありがとう結花。最高の誕生日だよ」

「……遊くん」

そんな俺のことを、眼鏡にナース服の格好のまま、結花はギュッと抱き返すと。

上目遣いにこっちを見て――「えへへっ」って、はにかむように笑った。

「――誕生日おめでとう、遊くん！ 生まれてきてくれて、私と一緒にいてくれて……ありがとう。これからもずっと……大好きだからねっ‼」

第14話　【アリラジ　ネタバレ】お便りコーナー、カオスすぎ問題

結花《ゆうか》が夕ご飯の買い物に出掛けている隙に。

俺は「マサと遊んでくる」と嘘《うそ》の伝言を残して、無人の那由《なゆ》の部屋にこっそり隠れた。

これで結花は、しばらく俺の存在に気付くことはないだろう。

完璧なシチュエーションだ。

「…………」

リビングに置いてあるパソコンを使いたいところだったんだけど、結花が目的のサイトへのアクセスブロックを設定しちゃったので、敢《あ》えなく断念。

まぁ、いい。俺には文明の利器――スマートフォンがある。

というわけで。

俺はゆっくりと――ネットラジオの音源をクリックした。

「皆さん、こんにちアリス。『ラブアイドルドリーム！　アリスラジオ☆』――はじまるわ、覚悟を決めなさい」

もともと大好評だった『アリステ』のネットラジオ――通称『アリラジ』は、アリスアイドルたちの人気投票『八人のアリス』の発表記念以降、人気にさらなる火がついた。

決まったMCを置かず、呼ばれたアリスアイドルたちが前半はキャラになりきったトーク、後半は声優によるフリートークを行う構成の、最高の番組。

そんな『アリラジ』の中でも、トップスリーの人気を博した放送回のメンバーを再集結させようっていう企画が、先週からスタートしている。

そして、今回集められたメンバーは――――。

「トップアイドルという高みに、私は必ず辿《たど》り着く。さぁ……ついてくる準備は、できてるわよね？　――らんむ役の、『紫ノ宮《しのみや》らんむ』よ。どうぞ、よろしく」

まずは『六番目のアリス』――『アリステ』人気六位の、クールビューティ高校生・らんむちゃん。マサの推しだ。

アイドルの頂点を目指してストイックに努力する、その厳しくも格好いい姿と、私生活のポンコツ具合のギャップが人気のキャラクター。

腰まである紫色のロングヘアに、ロック然とした衣装が魅力的だ。

「掘れば掘るほど溢《あふ》れ出ますよ、わたくしの魅力は？　皆さん、もっともっと、わたくしと一緒に笑いましょうね――でる役の、『掘田《ほった》でる』でーす。どもどもー」

続いてアリスランキング十八位、石油王の家庭に生まれたほんわか十九歳・でるちゃん。

『お金じゃ買えない笑顔』を、みんなと一緒に見つけるため、いつだって穏やかにアイドル活動に勤《いそ》しむ姿が人気のキャラクター。

ハーフという設定もあって、彫りが深くて大人びた顔つきなのも人気の秘訣《ひけつ》だ。

そして――――。

「あー！　なんで勝手にプリン食べちゃったのよぉ‼　ゆうなの楽しみを奪って……許さないもんっ！　罰として……今日は一日、ギューッってしててよねっ‼　――ゆうな役、『和泉《いずみ》ゆうな』ですっ！　どうぞよろしくお願いします‼」

アリスランキングでは三十九位だけど、俺の脳内ランキングでは天元突破してる世界一可愛《かわい》いアリスアイドル――ゆうなちゃん。

天真爛漫《てんしんらんまん》で、ちょっぴり天然で。子ども扱いされたくないからって、わざと小悪魔っぽい言動をしては、失敗しちゃって悔しがっちゃって……それもまた可愛い。

頭頂部でツインテールに結った茶色い髪の毛には、世界の希望が詰まってる。

きゅるんっとした口元には、宇宙の神秘が潜んでる。

もう魅力を言語化することすらおこがましい……俺の生きる意味そのものな、アリスアイドル。それが彼女、ゆうなちゃんだ。


「……ふぅ」

毎度のことながら、ゆうなちゃんが出た瞬間は、呼吸するのを忘れちゃうんだよな。

冷静に深呼吸してから、俺は目を瞑《つぶ》って、スマホから聞こえてくる『アリラジ』の音声に全神経を集中させる。

こんな素晴らしい番組だってのに、結花はいつも、ゆうなちゃんが出演してる回を聴くのを阻《はば》もうとしてくる。

まぁ、結花の言い分も理解はできる。

なんたって、綿苗《わたなえ》結花は——ゆうなちゃんの声優・和泉ゆうな本人。

自分の出演してるラジオ番組を許嫁に聴かれるっていうのは、俺には想像もつかないほど恥ずかしいんだろう。

だけど、ごめんな結花……これだけは、結花の頼みでも譲れないんだ。

だって俺は、結花と出逢《であ》うより前から、ゆうなちゃんを応援し続けてきた一番のファン

――『恋する死神』だから。

ゆうなちゃんのすべてをチェックする義務が……『恋する死神』には、あるんだ。

そんなこんなで、キャラトークが終了し、フリートークのコーナーになる。

「ってわけで。なんかこの同事務所メンバー、結構人気みたいなんだよねー。正直、なんでって感じなんだけど。わたし的には」

「なんでそんな後ろ向きなんですか、掘田さん⁉　いいじゃないですか！　私たち三人の魅力が、リスナーさんたちに伝わってるってことですよ‼　ですよね、らんむ先輩？」

「……どうかしら？　私とゆうなのテンション、前回も噛《か》み合ってなかったと思うけど」

前回の『アリラジ』では、和泉ゆうなの『弟』愛と、紫ノ宮らんむのアイドルへのストイックさが、凄《すさ》まじい火花を散らす羽目になった。

その火消しというか、番組の回しに全力を尽くしたのが、掘田でるだったんだけど……。

「らんむ！　それそれ、その毒舌だよ！　前回それで、放送事故すれすれだったんだからね⁉　頼むから二人とも、今日はマジで自重して！　先輩命令だから、これ‼」

「は、はい！　掘田さん‼」

「……善処します」

……と、まぁ。

掘田でるの釘刺《くぎさ》しからはじまった、今回の放送だけど。

果たしてどんなことが起きるのか……正直、期待と不安でいっぱいな俺だった。

◆

「今回は今までと違って、お便りを紹介しつつ、トークをするんだってさ。ってなわけで、ゆうなちゃん。一通目、お願いしまーす」

掘田でるの完璧な前振りから、和泉ゆうなにバトンが渡る。

「はーい！　ではではラジオネーム『イケマサ』さんから。らんむ様、ゆうな姫、でるちゃん、こんにちアリス……こんにちアリスー‼」

ブッと、俺は思わず吹き出してしまう。

だってこのリスナー、めちゃくちゃ俺の知り合いなんだもの。

ラジオネーム『イケマサ』こと——倉井雅春《くらいまさはる》。

「らんむ様推しの僕としては、最近のらんむ様のご活躍、血涙が出るほどに嬉《うれ》しく思ってます！　嬉しさが凄《すご》すぎて、新学期がはじまるっていうのに、徹夜でガチャを回してしまいました（笑）こんな僕を、らんむ様――罵ってください」

「はい、らんむ」

「――罵ってください？　罵る価値もないわ。私のファンを名乗るのなら……何事にも全力を出してみなさい」

おおー‼　……と、和泉ゆうな＆掘田でるが、拍手を送る。

マサ、きっとラジオを聴きながら悶絶《もんぜつ》してるんだろうな……つい知り合いの顔が浮かんできて、なんとも言えない気持ちになる俺。

「んじゃ、次はわたしが読むね。ラジオネーム『NAYU』さんから。初めまして。こういうの送るのは初めてです。おおー、嬉しいねー！　ありがとアリスー‼」

……NAYU、だと？

俺はそのラジオネームの響きに、なんかうっすら嫌な予感を覚える。

「ゆうなちゃんに質問です。お、名指しだよ、ゆうなちゃん……ゆうなちゃんはよく『弟』の話をしてるみたいですが、もしも『弟』と結婚できるとしたら、結婚したいですか？　するとしたら、子どもは何人欲しいですか？　……えっと。次、いこっか……」

掘田でるも、ヤバい空気を察したらしい。

メールへの回答をすっ飛ばして、次に進もうとする。

正しい判断だと思う。そもそも、和泉ゆうなの言ってる『弟』って……許嫁《いいなずけ》である、俺のことだしな。

だけど………。

「したいですっ！　だって私――『弟』のこと、大好きですからっ‼　子どもは、えっとそうだなー……男の子も女の子も欲しいからー……」

「うりゃ！」

「あいたっ⁉」

ゴンッと、おそらく台本か何かで叩《たた》かれたのか、和泉ゆうなの話が中断される。

「ゆうなちゃん……そろそろマジで、事務所の偉い人に怒られるからね？　ブラコンネタはともかく、子どもとか生々しいのはNG‼　コンプライアンスに抵触するから‼」

「は、はいぃぃ……」

掘田でるの本気の説教を受けて、さすがに反省したらしい和泉ゆうな。

ほっと胸を撫《な》で下ろす俺……っていうか、ラジオネーム『NAYU』。今度帰省してきたら、マジで説教してやるからな。覚えとけよ。

「……私は、『アイドル』という仕事と、結婚してるつもりよ」

――と、沈静化したはずの話題に対して。

先ほどまで沈黙を貫いていた紫ノ宮らんむが、急に一石を投じた。

「え……らんむ先輩？　一体、なんの話をしてるんですか？」

「このメールの意図は……アイドルとして『結婚』や『子ども』というフレーズを、どう捉えるかという話なんじゃないかしら？　アイドルの結婚相手は『仕事』。そして、子どもとは……そう『作品』。ゆうな、分かる？」

「ごめん、らんむ……わたしも、あんたが何言ってんだか分かんないわ……」

クールな口調で、意味不明な持論を展開しはじめた紫ノ宮らんむに、さすがの掘田でるも動揺を隠しきれない。

けれど『六番目のアリス』こと紫ノ宮らんむは、止まることを知らない。

「ゆうな。『弟』と仲が良《い》いのは結構なことよ。だけど……結婚する相手として、『弟』はさすがに違うんじゃないかしら？　アイドルという『仕事』と結婚したつもりで戦い続けなければ……この世界では、生き残れないわよ」

「で、でも！　結婚は女の子の夢ですよ、らんむ先輩‼」

どうかしてる論理展開に対して、どうかしてる返しをする和泉ゆうな。

「私は、仕事も大切だけど、恋も大切にしたいです……そのキュンってする気持ちを、作品に活《い》かしていくのも、声優として大切なことだと思うから！　だから私は、私は……世界一大好きな『弟』と、生涯をともに――」

「はい。んじゃ、ＣＭ入りまーす」


『今すぐリタイア！　マジカルガールズ』のブルーレイ、大好評発売中らしいな？

三巻の初回生産版には、ミニドラマ『北風と鉄パイプ』を収録。

今回は、あたし愛用の鉄パイプ・四分の一スケールが特典に付いて、なんと六千三百円。

鉄パイプはいいぞ？　振り回してみると、割と楽しい。

買わない奴《やつ》は――お掃除？

すまん。ちょっとこのセリフ、言いたくないわ。

◆

「何やってんの、遊《ゆう》くんっ‼」

「うわぁ⁉」

掘田でるがすべてを諦めてＣＭにぶん投げたところで、ガチャッと那由の部屋のドアが開け放たれた。

慌てて振り返ると、そこには——頬を真っ赤にした、怒り顔の結花の姿が。

「さっきから、ドタンバタン二階から聞こえるから、なんか変だと思ったら……信じらんない。出掛けたふりして、聴いちゃだめって言った『アリラジ』を聴いてたなんて‼」

「そうは言うけどね？　『恋する死神』たる俺が、ゆうなちゃんパーソナリティの神回を聴かないとか……逆に病気の可能性が高いからね？」

「うるさいなぁ！　病院も困るじゃんよ、そんなわけ分かんない患者が来たら‼」

べーっと思いっきり舌を出したかと思うと、結花は俺のスマホを取り上げて、電源をオフにした。

「……この後、らんむ先輩と一緒に、めちゃくちゃ怒られたの。掘田さんに」

まぁ、そうだろうね。

掘田さんだけでも正常な思考回路で、むしろ安心したよ。

「……ちなみに、遊くんは？」

「ん？　何が？」

急に上目遣いにこちらを見てきた結花の瞳は、なんかうるうるしてる。

なんて返事したものか悩んでいると、痺《しび》れを切らしたらしい結花が……ぷくっと頬を膨らませて言った。

「……子ども。私は、男の子と女の子、二人は欲しいなーって……遊くんは？」

「結花、掘田さんがなんで説教したか分かってる!?」

まるで反省してない。というか、理解してない。

天然すぎて……なんか、掘田さんの苦労が忍ばれるよ。本当に。

ちなみに——もちろんだけど。

『アリラジ』の続きは、コンビニに出掛けるふりをして、きちんと消化しました。

第15話　【憂鬱】文化祭の出し物を、ギャルに任せた結果……

「んじゃ、これから文化祭の出し物を、話し合うよん？　司会はうち、二原桃乃《にはらもも の》でーすっ！」

めちゃくちゃ軽い調子でそう言って、二原さんは教卓に手をつき、ドヤッて顔をした。

黒板のそばには、学校仕様の眼鏡姿で、無表情にチョークをかまえた結花《ゆうか》が。

そして二原さんの隣には、手持ち無沙汰な俺が控えている。

――ホームルームを利用した、文化祭の話し合い。その第一回。

文化祭の意見を出し合うとか、ただでさえ憂鬱だってのに。

こうしてクラスの前に立つことになるなんて……夢にも思わなかった。

「じゃー、誰か意見のある人、いるー？」

「はいよ！」

勢いよく手を挙げたのは、俺の悪友・マサ。

その表情は心なしか、キラキラと輝いて見える。

「ほい、んじゃ倉井《くらい》。何をやりたいん？」

「ズバリ言おう――『アリステ』のステージだ」

うわぁ……。

「『ラブアイドルドリーム！　アリスステージ☆』――世界を席巻《せっけん》するこの素晴らしい作品へのリスペクトとして、俺は『アリステ』のライブステージを、女子生徒で再現することを提案する！　任せとけ……どの女子が誰の役に適してるか、俺が完璧なオーディションをしてみせるか――」

「却下よ」

マサの妄言をばっさり切り捨てると、結花は冷ややかな口調で告げる。

「出し物は教室でやるのよ？　ステージなんて、狭くてできないわ」

ぐうの音も出ないほどの正論だった。

「うんうん、綿苗《わたなえ》さんの言うとおりだね！　じゃあ倉井は、お手つきで一回休み」

「お手つきってなんだよ⁉　他のアイディアも聞けって！　ライブステージが無理だって言うんなら、アリスアイドルに扮《ふん》した女子生徒と握手会を――」

「倉井くん。黙って席について」

恐ろしいほど怜悧《れいり》な、結花の一言。

さすがのマサも、これには無言で席につかざるをえない。

「いいねぇ、綿苗さん！　場をきちんと仕切ってくれて！　うんうん、さすが我が右腕」

「別に」

「そんな綿苗さんは、なんかアイディアとか、どーよ？」

「アイディア……そうね」

急に話題を振られた結花は、アゴに手を当てて思案する。

そして――相変わらず表情ひとつ変えずに、淡々と言った。

「この地域の名産品を調べて、パネルを作って展示をするとか」

びっくりするほど、真面目だった。

「いや、綿苗さん。高校の文化祭で、パネル展示だけはさすがに……盛り上がらなくないかな？」

「……じゃあ、佐方《さかた》くんが良いアイディアを出せば？」

みんなに気付かれない角度で、結花が「べー」って舌を出してきた。

あ……これ、マジで拗《す》ねてるやつだ。

「早く出したらどうなの？　佐方くん。さぁ、早く」

「い、いや……特に思いついてはないんだけど……」

結花からの圧に困っていると、二原さんがポンッと、手を打ち鳴らした。

「ねぇねぇ、みんな。倉井が言ってた、アイドルのステージ再現とかは無理だけどさ。そーいう可愛《かわい》い格好をして、カフェとかやんのはどーよ？　男子は格好いい系で」

二原さんの思いつきに、クラスがざわざわっと沸き立つ。

「桃《もも》ー。それって、メイドカフェとか、そういう感じってこと？」

「そそ。メイドに限らず、ハロウィン的にみんなで色んなコスプレして、コスプレカフェー！　ってやるイメージ‼」

「おー。桃乃の案、悪くないね。普段、コスプレする機会とかないし、面白いかもー」

「うん！　文化祭でしか味わえない青春……先生もコスプレカフェ、良いと思うぞ‼」

郷崎《ごうさき》先生まで、教室の後ろで腕組みをしたまま、なんかめちゃくちゃ頷《うなず》きだした。

熱血教師的には、コスプレカフェも青春の一ページなのか。基準が分かんねぇ。

「二原さん……私としては、それはどうかと。風紀が乱れるというか……」

なんとなく、コスプレカフェでまとまりかけた空気の中。

結花が、なんとも言えない表情を浮かべて——ぼそぼそっと言った。

「あれ？　綿苗さん、あんまり乗り気じゃない？　まぁ、全員がコスプレしなくっても、バックヤードの仕事とかもあるし。分担するとかって手もあるかな？」

結花の微妙な空気を察したらしく、二原さんがフォローを入れる。

さすがギャル。こういう気遣いの速さは、本当に尊敬するよ。

だけど……。

「いや、全員が着た方がよくね？　完成度的に、そっちの方が絶対いいって！」

「そんなこと言って、あんたが色んな女子のコスプレを見たいだけっしょ、変態ー。でも……桃、あたしも全員着た方がいい気がするー。不公平になりそうだし」

「んー……まぁ、そういう意見もあるか……でも、そうだねー……」

結花に助け船を出したいからか、歯切れの悪い二原さん。

そんな二原さんの様子を見て――いたたまれなくなったんだろう。

結花が小さく手を挙げて、抑揚なく提案した。

「では、多数決でどう？　全員がコスプレをするコスプレカフェか、有志だけがコスプレをするコスプレカフェか……地域の名産品のパネル展示か」

パネル展示の意見、まだ生きてたの⁉

――と、まぁ。

こんな感じで、多数決という、一番公平な方法で決議を取った結果。

俺たち二年A組の出し物は……『全員がコスプレするコスプレカフェ』に、決定した。

◆

「うにゃー！　なんでみんな、コスプレなんてしたいのさー‼」

ホームルームが終わって、家に帰ると。

髪をほどいて眼鏡を外した部屋着の結花が、なんか荒ぶってた。

「桃ちゃんもフォローしてくれたのにぃ！　パネル展示の案だってあったのにぃ‼　なんで、なんで……もぉー‼」

ちなみに、地域の名産品のパネル展示には、一票だけ入ってた。

誰が入れたのかは、敢《あ》えて聞かないけど。

「でも、多数決って言い出したの、私だもんね……もう、こうなったら仕方ない！　お腹《なか》を括《くく》るしかないね……っ‼」

「そんなに覚悟が必要な感じなの？　和泉《いずみ》ゆうなとしてイベントに出たりもしてるし、そこまで抵抗あると思ってなかったんだけど……」

「それは──和泉ゆうなだから、だもんっ！」

ぐいっと顔を上げて、結花は頬を膨らませた。

「……和泉ゆうなは、私であって、私じゃないもん。声優をやってるときは、みんな──私の普段の生活なんて、知らないじゃんよ。だから、話を回そうって、あんな風にたくさん喋《しゃべ》れてるだけで……」

そっか。そうだったね。

綿苗結花は、結構なレベルのオタクで、相当なコミュニケーション下手。

オタク話になると話が止まらず、喋りすぎて空回って失敗しちゃうから。

学校では真面目なキャラでいこうとした結果──地味で無愛想な感じでディスコミュニケーションを発揮してるんだった。

そんな学校状態の結花が、和泉ゆうなみたいに振る舞ったら？

……………うん。

なんか色んな次元がこんがらがって、カオスな感じになりそう。

「あと……遊《ゆう》くんが、みんなの前でコスプレするのも、やだ」

「なんで？」

「はぁー……これだから遊くんは……罪な人」

なんか唐突にディスられたんだけど⁉

俺の頭の中には疑問符しか浮かんでこないんだけど、結花はなんか拗ねた顔をしてる。

「だって、もしもだよ？　遊くんが、執事とかタキシードとか、そういう格好をしたらだよ？　……クラスメート全員が、遊くんを好きになっちゃうじゃん！　むぅ……ばか」

「馬鹿はそっちだな⁉」

妄想はなはだしいっていうか、結花の言ってる『遊くん』って、俺のことで合ってるんだよね？　大人気アイドルに、同名の人がいるとかじゃないんだよね？

「あのね、結花……結花が思ってるほど、俺はモテないから。モテの欠片《かけら》もないから」

「モテますー。現に遊くんは、私にベタ惚《ぼ》れされてますー」

「それは結花が特殊だからでしょ……世間的に見たら、趣味悪いって言われるよ。絶対」

「たとえそうだったとしてもだよ？　世界には自分とそっくりな人が、三人はいるって言うじゃんよ！　少なくともあと二人……遊くんにベタ惚れな人がいるもんっ‼」

なんの話してんの？

ドッペルゲンガーって、そういうことじゃなくない？

そうやって、よく分からない小競《こぜ》り合いをしていると。

唐突に俺のスマホから――ＲＩＮＥ電話の着信音が流れはじめた。

「……って、なんで勇海《いさみ》？」

通知画面に表示された予想外の相手に、俺は思わず首をかしげた。

取りあえず、結花に変な勘違いをされても嫌だから、スピーカー設定にする。

『こんばんは、遊にいさん』

「勇海……なんであんた、遊くんに電話してんのさ？」

『ああ、結花も一緒なんだね。ふふっ……相変わらず、可愛い声をしてるね結花は』

「そういうのいいから。質問に答えなさいってば」

『あははっ。すぐに怒るところも、キュートだね？　結花』

むきーっと、椅子に座ったまま地団駄を踏みはじめる結花。

こうやってまた、結花の好感度を下げていくんだよな。このイケメン風の義妹は……。

「で？　実際、なんの用で電話してきたんだよ、勇海？」

『あ、はい。ちょっと桃乃さんから、依頼を受けましたので。その報告をと思いまして』

依頼？　二原さんから？

「なんの話……っていうか勇海、いつの間に二原さんと連絡先を交換したんだ？」

『コミケ会場で会ったときですね……って、それは置いといて。遊にいさんたち、文化祭でコスプレカフェをやるらしいじゃないですか』

あ……なんか嫌な予感。

そんな虫の知らせとほぼ同時に、勇海は得意げな声で言った。

『ということで、二原さんから依頼を受けたわけですよ。そう……この人気コスプレイヤー・和泉勇海に、コスプレカフェのアドバイザーを頼みたいって‼』

「えいっ」

――プツッ。

あ、切った。

トーク画面に戻った俺のスマホを睨《にら》みつけながら、結花はギリッと唇を噛《か》み締める。

そこに――勇海からの新着メッセージが、表示される。

『そんなわけなので。今度の土日、お二人のおうちにお邪魔しますね』

慌てた結花が、今度は自ら勇海にRINE電話をかける。

「ちょっと勇海⁉　こっちに来るって、どーいうことよ⁉」

『桃乃さんが、打ち合わせをしたいそうなので。どうせなら結花の顔も見たいし、遊にいさんの家で打ち合わせをしたいなぁと』

「いいわよ、アドバイスなんかしなくたって！　これは私たちの学校の文化祭だもん。勇海は関係ないじゃんよ‼」

『――関係、あるさ』

そうして少し声のトーンを落としたかと思うと……勇海は優しく告げた。

『だって僕は、いつだって結花のピンチを救う……ナイトだから』

「むきー‼　私のナイトは、遊くんだもんねー‼　勇海のばーか！」

「ツッコむところ、そこじゃないな⁉」


――というわけで。

文化祭のコスプレアドバイザーとして、勇海の参加が決定したのだった。

……どこに向かってんの、うちの文化祭は？

第16話【悲報】義理のきょうだい、姉への過保護が半端《はんぱ》ない

「やっほー。遊びに来たよー」

「わーい。いらっしゃい、桃《もも》ちゃーん！」

飼い主に懐《なつ》く小犬のように、結花《ゆうか》は玄関口の二原《にはら》さんのもとへと駆け寄っていった。

今日の二原さんの私服は、ブラウスとショートパンツの上に、黄色いロングカーディガンを羽織ったもの。

胸元で揺れる、ひまわりのブローチが特徴的。

って……なんか見たことあるな、この格好。

「あ、桃ちゃん！　これ、ひょっとして……『花見軍団マンカイジャー』マンカイヒマワリの、変身前のコスチューム⁉」

「おー、結《ゆう》ちゃんも特撮眼が鋭くなってきたねぇ！　そう‼　このひまわりのブローチが、マンカイヒマワリの元気で無邪気なイメージに合ってて、最高なんだよー‼」

うちの許嫁《いいなずけ》が、ギャルの手によって特撮沼に落ちていく……。

いやまぁ、二人が仲良しになれたんだから、いいっちゃいいんだけど。

「ってなわけで。これからクラスの出し物について、三人で話し合うかんねー？　いやぁ、やっぱ二人を副代表に推薦してよかったわぁ。休日に気を遣わない相手と遊べ……話し合いできるとか、最高じゃんね？」

今、『遊ぶ』って言いかけたよね？

二原さん、ただ結花と遊びたいって理由だけで、俺たち二人を文化祭のクラス副代表に選んだんじゃないかとか……穿《うが》った考えをしてると。

――玄関のチャイムが、再び鳴った。

「やぁ、結花。それに遊《ゆう》にいさん。ご無沙汰してます」

二原さんの次に現れたのは……すらっとした佇《たたず》まいの執事だった。

長めの黒髪を、後ろでひとつに結って。

白いワイシャツに、黒い礼服を纏《まと》って、黒のネクタイをタイピンで留めて。

真っ青な瞳（カラーコンタクト）でじっと結花を見つめると――勇海《いさみ》は爽やかな笑みを浮かべて、言った。

「今日も世界一可愛《かわい》いね……僕の子猫ちゃん？」

「うっさい！　そーいう風にからかうんだったら、帰れー!!　わー!!」

開幕と同時に、結花の地雷を踏み抜いていくスタイル。

さすがは綿苗《わたなえ》勇海……イケメン男装女子をやりすぎて、姉への接し方が分からなくなってるだけのことはある。

そんな姉妹のやり取りを見て、二原さんがけらけら笑いはじめた。

「あははは っ！ やばっ、勇海くん……めっちゃウケんねー。結ちゃんのツボに、ぜんっぜん入ってないしー」

「ぐっ……」

痛いところを突かれて、ちょっと涙目になるけれど……勇海は平静を装《よそお》って、イケメン風に言い返した。

「……そ、そうは言いますが。桃乃《ももの》さんのツボには、入ったわけですよね？ コミケのとき、僕に魅了されたからこそ……こうしてオファーをいただいたのでしょう？」

「んや。全然違うよ？」

一部女子をメロメロにする爽やかスマイルにも動じず、二原さんはあっけらかんと言う。

「イケメン執事と、マンカイジャーだったら、うちはだんっぜん、マンカイジャーを推すね！ だって、『ハナサカバズーカ』を使えば、枯れ木に花が咲くんだよ？」

「ちょっと何言ってるか分かんない……そんな花咲かじいさん的な人と僕だったら、僕の方が目の保養になりません⁉」

「いやいや。うちはほら、特撮ガチ勢だから。イケメンの小綺麗《こぎれい》な服より、アクターさんの着てるバトルスーツの方が、見てて胸にキュンキュンきちゃうんだって！」

イケメン男装コスプレイヤー対特撮ガチ勢の、果てしないバトル。

不毛な上に、なんか勇海が不憫《ふびん》でならない。

「えっと。取りあえず、いったん整理していい？」

話がこんがらがってきたので、俺はひとまず仕切り直しを図る。

「勇海がわざわざ、この土日に上京してきたのは、二原さんに呼ばれたからなんだろ？　文化祭でコスプレカフェをやるってことで、アドバイザーを頼まれて」

「そ、そうです遊にいさん！　僕にしかできない仕事だと、桃乃さんに熱烈にアタックされまして。それが結花のためになるならと、僕も二つ返事でお受けしたわけです」

「いやさ。ほら、うちが仕切ろうとしちゃうとね？　みんなにバトルスーツ着せたくなるじゃん？　それもなーって思って、コスプレ界隈《かいわい》に詳しいらしい勇海くんに、コスプレカフェの助言をもらおーって考えたわけよ」

確かに、みんなにバトルスーツ着せたくなる人は論外だな。

実際、勇海は有名コスプレイヤー。センスに関しては間違いないだろうけど……。

結花にまた、変な絡《から》みをしないかだけが、最大の不安要素だ。

結花も同じことを考えてるのか、なんとも言えない表情で勇海のことを見てる。

「それでは、色々と試してみますか」

爽やかな笑顔でそう言うと。

勇海は持参したスーツケースから、ごそごそと衣装を取り出しはじめた。

「まぁ、無難なところだとメイド服ですよね。コスプレカフェといえば、一般人も最初に『メイドカフェ』を思い浮かべるでしょうし」

「おけ！　んじゃ、試しに着てみんねー‼」

勇海からメイド服を受け取ると、二原さんはリビングを後にした。

そして――メイド姿に変身して、再びリビングに入ってくる。

「いらっしゃいませぇ、ご主人様？　うちのお店、どーです？　いいっしょ？　いーっぱいサービスしちゃうよぉ？　……どう、佐方《さかた》？」

「えっと、ごめん……ギャルな雰囲気とメイド服がミスマッチすぎて、なんか違法な店に連れていかれて、ぼったくられそうに感じる」

「ひどっ！」

心外だとばかりに二原さんがめっちゃ睨んでくるけど、やっぱそのメイド、闇が深そうだよ。ギャル風メイド……まぁ特殊な性癖の人には、凄《すさ》まじく刺さりそうだけど。

「んじゃ、結ちゃん着てみたら？　学校仕様の結ちゃんがメイド服着たら、めっちゃしっかり者のメイドって感じで、似合いそうじゃね？」

「あ……う、うん。じゃあ、頑張って着てみ――」

「ああ、結花は大丈夫だよ。はい、じゃあ次」

流れのすべてを、ぶった切ると。

勇海は淡々と、違うコスチュームを提示してきた。

「こっちはどうでしょう？　チアガール。服も可愛いですし、『お客さんを応援する』ってコンセプトのカフェで、押し出せるんじゃないかと」

「あー、チアかー。おけ、んじゃ着てみんね‼」

そして再び――二原さんは着替えを終えて。

「いらっしゃいませー‼　ちょいちょい、お客さーん。なんか疲れてね？　そんなお疲れなあなたを……うちがめっちゃ、応援したげるかんねー」

膝上数センチのきわどいミニスカートを翻《ひるがえ》しながら、ピンク色のポンポンを揺らして、二原さんが軽くステップを踏む。

そんな二原さんを、真面目な顔でじっと見てる勇海。

「うん。桃乃さんには、こういう活動的なキャラの方が合ってますね。後はそうだな……桃乃さん、意外と男装も似合いそうです。胸のあたりを、目立たないように絞れば」

「えー？　マジでー？　んじゃ、そっちも試してみよっかなぁ」

「……はい！　はーい‼　こっちで手を挙げてる人がいますよー⁉」

結花がぴょんぴょん跳ねながら、なんか手を挙げてる。

けれども勇海――敢《あ》えてのスルー。

「って、無視しないでよ勇海！　人前でコスプレとか、乗り気じゃないけど……私だって文化祭に出るんだから！　桃ちゃんだけじゃなくって、私にもアドバイスしてよっ‼」

「ふふっ。結花はそのままが、一番可愛いよ？」

「そういう話じゃなーい！」

目に見えてぷんすかしてる結花をさらにスルーして、勇海は俺の方に顔を向けた。

「そうだ。遊にいさんも、色々試してみましょうよ。執事とかタキシードとか、スタンダードなのもいいですけど……逆に、女装系とかどうです？」

「え、なんで⁉　唐突に逆にするのやめて⁉」

「ほー……女装。それ、めっちゃ面白そ――いや。案外、ニーズあるかもじゃね？」

「待って二原さん。君、ただ面白そうだからってだけで、もう文化祭とか関係なく言ってるでしょ⁉」

この流れはまずい。

勇海と二原さんが悪乗りをはじめたら、マジでろくなことにならない。

助けてくれ、結花。ここは結花だけが頼りだ……っ‼

「……ふへっ。遊くんの女装……そんなの、絶対可愛いじゃんよ……わくわくっ」

ちょっと結花ぁぁぁぁぁ⁉

——こうして。

この後、俺は……筆舌に尽くしがたい辱《はずかし》めを受ける羽目となった。

◆

「…………」

「ごめんってば、遊くんー。ふへっ……でもね？　すっごく可愛かったよ？」

「マジ最高だったわ、佐方……ぷっ」

なんのフォローにもなっちゃいない。

女子三人の前で、あんな格好やこんな格好をさせられて……なんという辱め。

「いやぁ。コスプレって奥が深いんだねぇ。やっぱ勇海くんに頼んで、よかったわぁ」

「そう言っていただけると、コスプレイヤー冥利《みょうり》に尽きますよ」

「――――ねぇ、勇海」

そうして、二原さんと勇海がやり取りをしていると。

結花が、ふっと表情を硬くして……呟《つぶや》いた。

「桃ちゃん……と遊くんばっかに、服を選んでたけどさ。結局、私にはなんにも提案してこなかったよね？　勇海……なんで？」

あまり見たことのない、結花の真剣なトーン。

それに対して、勇海は――ぽかんと口を開けて。

「え……結花、本気で自分もコスプレする気だったの？　結花は、学校でそういうことするの、苦手じゃない。だからてっきり、バックヤードでもやるものだと……」

さすがは実の妹。

結花のキャラをよく分かってるな。

「いやいや。勇海くん、電話で説明したっしょ？　全員コスプレするんだって」

「確かに、桃乃さんはそう言ってましたけど……結花は、なんだかんだで例外なんじゃないかって思ってました」

「私のこと、なんだと思ってんの勇海は……全員でやるって決まった以上、私だってお腹《なか》を括《くく》ったんだもん‼」

二原さんと勇海の会話を遮って、結花がきっぱりと言い放った。

それに対して、勇海は――いつもの爽やかスマイルと違う、苦い表情を浮かべた。

「……結花、本気で言ってるの？」

「……どういう意味、それ？」

ピリッとした空気が、二人の間に流れる。

「結花が今、声優の活動を頑張ってることは、知ってるよ。それは素直にすごいと思ってる。それから、遊にいさんと暮らすようになって、昔より――楽しそうに笑うようになったってことも、理解してる」

「……うん」

「だけどね、結花。文化祭は――学校行事は、それとは違うじゃない。言葉は悪いかもしれないけど、ごめんね……僕には結花が、学校行事で頑張ったとしても、良《い》い結果になるとは思えないんだ」

勇海にしては、かなり言葉を選んだ伝え方。

だけどその内容は——思った以上に、厳しいものだった。

結花はふぅっと深く息を吸い込んで……まっすぐに勇海を見つめ返す。

「私がコミュニケーション下手だから。学校で空回って、失敗しちゃうのが心配だって……そう言いたいんだね、勇海は？」

「……そうだね。失敗したときに、結花がまた、笑えなくなったらって考えると……怖いんだ。だったら最初から、何もしない方がいいって……僕は思ってしまう」

「過保護だよ、勇海は。私の方がお姉ちゃんなのに」

「……年齢だけならね」

——私の方がお姉ちゃんなのに！

なんて、いつもの結花なら頬を膨らませて言いそうなのに。

今はただ……勇海の言葉を、静かに受け止めている。

——結花ちゃんにも、兄さんくらい深い傷があるんじゃないかって、なんか思ったわけ。

那由《なゆ》が前に言っていた言葉が、ふっと脳裏をかすめた。

陽キャぶって調子に乗り、好きだった女子にフラれた挙げ句、クラス中の噂《うわさ》になって――ショックのあまり、しばらく不登校になった中三の俺。

もちろん、俺とは全然事情は違うんだろうけど……結花にもまた、中学の頃に不登校だった過去がある。

その頃の、結花の傷つき。

それを間近で見ていた、勇海の苦しみ。

正直……どちらの気持ちも分かるんだ。

俺が引きこもっていた時期に、那由が辛《つら》そうな顔をしていたのを、覚えてるから。

それこそ今でも来夢《らいむ》への憤《いきどお》りを拭えないほど……那由が苦しんだのを知ってるから。

――――でも。

最近、あいつ……安心した顔をすることが、増えたんだよな。

俺と結花が、仲良く暮らすようになって。あいつも結花を『お義姉《ねえ》ちゃん』って慕うようになって――それからだったと思う。

「それを決めるのは……勇海じゃないだろ？」

だから……俺は勇海に向かって、はっきりと告げた。

勇海も、二原さんと結花も、一斉に俺の方に顔を向ける。

「勇海。俺にも……不登校だった時期があったのは、知ってるよな？　そのとき俺は、ゆうなちゃんと出逢《であ》って、二次元だけを愛するって誓って……どうにか復活できたけど。正直、那由には心配を掛けたと思ってる。だから――勇海が結花を心配する気持ちは、分かるんだよ」

言いながら俺は、拳をギュッと握り締める。

「だけど、三次元から目を背けず、結花と一緒に暮らすって道を選んでからは……少しくらい、安心させられたんじゃないかなって。そんな風に、思うんだ」

「……何が言いたいんです、遊にいさん？」

勇海の声が、僅《わず》かに震えてる。

そんな勇海を見つめたまま……俺は続ける。

「結花は、自分で『声優』って道を選んだ。『許嫁《いいなずけ》』は……まぁ、最初は親父《おやじ》たちが勝手に決めたけど。お互いに、仲良くやっていこうって道を選んで、こうして二人で過ごしてる。だから――学校のことも、結花が選ぶ道を、見守るべきなんじゃないか？　そうした方がきっと……最後には勇海も、安心できる気がするから」

「…………」

勇海はグッと唇を噛《か》み締めて、足下に視線を落とす。

手のひらから血が出るんじゃないかってほど、強く拳を握り締めて。

「……ありがとうね、勇海。それから……ごめんね、だめだめなお姉ちゃんで」

そんな、柔らかな声が聞こえたかと思うと。

結花がそっと、勇海の握った拳の上に、自分の手を重ねた。

そして、トントンと――まるで子どもをあやすみたいに、その手の甲を叩《たた》く。

「私もね。正直……文化祭でコスプレとか、やだなーって思ってたんだ。和泉《いずみ》ゆうなとしてイベントに出たりは平気だけど。素の私はめちゃくちゃ人と接するの苦手だし、不安だなぁって……思ってたんだよ」

「仕方ないよ……だって、結花は……中学の頃、あんなに苦しんで……」

勇海の声が、段々とかすれていく。

ぽたぽたと、涙の雫《しずく》がカーペットを濡《ぬ》らしていく。

そんな勇海の頭を、結花は優しく撫《な》でながら。

「でもね……私、頑張ってみたいんだ。上手じゃないかもだけど。失敗しちゃうかもだけど。それでも……頑張る方を、選んでみたい。だから……ね、勇海？　かしこまって言うのも、なんか恥ずかしいけどさ。よかったら文化祭……観《み》に来てね」

まるで子どもに絵本を読み聞かせるように。
結花はただただ優しく、勇海に囁《ささや》き続けていた。
「……これは、手を抜いたりなんか、絶対できない感じになったねぇ。佐方？」
そう言いつつ、なんかアドレナリン出てる感じじゃない？　二原さん。
でもまぁ……俺も似たようなもんか。
二原さんの意見に、俺も全面同意だ。

高二の文化祭は、俺史上——最も気合いの入ったものになりそうだ。

第17話　許嫁の過去を聞いたら、もっと大事にしなきゃって思ったんだ

「佐方《さかた》くん。そこ、傾いてるわ」

脚立《きゃたつ》の上に立って、教室の入り口に看板を設置してると。

下の方から、淡々とした口調で——綿苗結花《わたなえゆうか》が言った。

「えっと、どっちに傾いてる？」

「左ね。倉井《くらい》くん、もう少しそっちを、下げてみて」

「お、おう」

看板の反対端を持っているマサが、なんか結花にびくびくしつつ、位置を調整した。

そうして整えた看板を、しばらく見てから。

「……うん。まっすぐになったわ」

それだけ言い残して、結花は教室の中に入っていった。

そんな結花を見送ってから、マサがこそっと耳打ちをしてくる。

「相変わらず、おっかねーな。綿苗さん」

「そうか？　別に今のは、普通の会話だったろ」

「内容はな。でも言い方がよ……なんていうか、怖くね？　冷たい感じっていうか」

「お前の推しのらんむちゃんも、そういう系じゃない？　クールで、物言いがはっきりしてるところとか」

「らんむ様はいいんだよ……誰も寄せ付けない孤高の女王って空気。ゾクゾクするぜ！

やっぱりらんむ様は最高だよな‼」

いまいち会話として噛み合ってないけど……まぁいっか。

俺は脚立を降りると、今度は教室に入って、内装に不足がないか確認をする。


早いもので、いよいよ明日が──文化祭当日。

前日ってこともあって、今日は各クラスや部活が、準備の総仕上げでバタバタと動き回っている。

学校中がせわしない、この空気。

高校に入ってから、できるだけ他人と関わるのを避けてきた俺にとって、正直この空気感は──あまり心地良いものじゃない。

だけど……全力を尽くすって、決めたからな。

「おー‼　いいじゃん、いいじゃん！　普段使ってる机でも、テーブルクロスを掛けると違うねぇ！　あ、そういや衣装の数とかだいじょぶ？　足りてる？」

教室の中心で、文化祭のクラス代表・二原《にはら》さんが、色んな方向に指示を出してる。

普段から天真爛漫《てんしんらんまん》でムードメイカーな二原さん。クラスメートの大半とうまくやり取りできるコミュ力が、こういう場面で活《い》きている。

さすがはギャル。

特撮ガチ勢って隠れた趣味はあるけど、やっぱ根っこは陽キャなんだなぁ……。

「桃乃《ももの》……あんたマジで、この衣装も着んの？　あんた、普通に可愛《かわい》いんだから、メイド服とかだけ着てればいいっしょ」

「いやいや。クラス代表たるもの、やっぱこの二年A組の『コスプレカフェ』を盛り上げなきゃだかんね。客引きに、めっちゃ目に留まるやつを選んだわけよ」

そう言いながら、二原さんは――怪獣の着ぐるみに入った。

全身が黒色で、虫っぽいような恐竜っぽいような、強そうな二足歩行の怪獣。

俺でも知ってる。これ、コスモミラクルマンの有名な敵だ。

「ぷるるるる……」

「も、桃乃⁉　びっくりした……なに今の、変な声？」

「いや、怪獣っぽい声を出したら、ウケ良さそうじゃん？　ぷるるるるる……」

「いやいや、めっちゃ怖いから！　ビビるから‼」

はたから見たら、二原さんが身体《からだ》を張って、盛り上げようとしてるように映ってるんだろうな。

本当はただ、二原さんが合法的に怪獣の着ぐるみを人前で着たいだけな気がするから……ある種、職権乱用だと思うけど。

「佐方くん。こっち、手伝ってくれる？」

職権乱用怪獣を見ていた俺の肩を、ポンッと結花が叩いてきた。

細いフレームの眼鏡越しに、結花がじっと、無表情に俺のことを見てる。

「奥の、ドリンク類を置いてるスペースなんだけど」

「あ、ああ。いいよ」

結花に言われるがままに、俺はカーテンで仕切られたドリンク置き場に移動した。

その後ろからついてきた結花が、シャッと無言でカーテンを閉める。

すると……眼鏡姿のまま、ずいっと俺の顔を覗《のぞ》き込んで。

にこーっと、家で二人きりのときみたいに——笑った。

「えへへっ！　遊《ゆう》くんと二人っきりー」

「えっと……手伝いは？」

「ふふふ……ないよ、そんなもの！　私はただ、合法的に遊くんと二人きりになりたかっただけだからねっ‼」

「ドヤ顔で何言ってんの⁉　家に帰ったら普通に二人なんだから、わざわざ変なリスクを冒して遊ばないの‼」

「遊んでないもーん。遊くんエネルギーを、補充したかったんだもーん」

べーっと、甘えるように舌を出したかと思うと。

学校仕様の格好のまま……結花はギューッと、俺に抱きついた。

そして……五秒ほどして、パッと離れる。

「うんっ！　遊くんパワー、充塡《じゅうてん》完了！　よーし、頑張るぞー‼」

「なんの儀式なの、これ……俺はパワースポットか何かなの？」

「んー。私にとっての、力の源で……道しるべかな」

くるっと俺に背を向けてから、結花がぽつりと呟《つぶや》く。

「勇海《いさみ》には、頑張るって言ったけどね。やっぱりほら、こういうの私、得意なわけじゃないから……疲れたり不安になったり、しちゃうんだよね。だから……ごめんね、遊くん。いつも甘えちゃって」

そう言って結花は、こちらに向き直って——無邪気な笑みを浮かべた。

「じゃあ残り時間、また頑張る！　遊くん……素敵な文化祭にしようねっ」

「……ん。そうだな。一緒に、頑張ろうな」

そして俺たちは、少し間を置いてカーテンの外に出る。

再び準備作業に戻った結花は、普段通りクールでお堅い表情をしていて。

相変わらずな切り替え具合に、思わず笑ってしまう俺だった。

◆

設営が終わって家に帰って来た頃には、なんだかんだで夜七時を回っていた。
身体も疲れたけど、それ以上に気疲れしたなぁ……なんて思いつつ、俺は着替えもせず
そのままリビングのソファに寝転がる。
『んじゃ、空港着いたから。あと一時間くらいで、そっち行くわ』
スマホをつけると、那由《なゆ》から連絡が入ってた。
帰る前に連絡とか珍しいな……素行が悪すぎて、そんな当たり前のことすら驚くわ。
っていうか、あいつ日本に帰ってきすぎじゃない？　親父《おやじ》の財布、大丈夫なのか……。

「結花。那由の奴《やつ》、あと一時間くらいで来るってさ」

「はーい。勇海からも連絡来てて、同じくらいに着きそうな感じー」

言いながら結花は、テーブルに眼鏡を置いて、シュシュを外した。

明日の文化祭を朝から観られるようにってことで、那由も勇海も、今日これから我が家に泊まりに来る。

四人が一堂に会するのは、コミケの前以来か。

那由と勇海がまた喧嘩《けんか》しないといいけど……なんて、ぼんやり考えていたら。

――いつの間にか、リビングから結花が姿を消していた。

「あれ？　結花？」

ソファに座り直して、きょろきょろ周りを見回してると、ガチャッとリビングのドアが開いた。

「じゃじゃーん‼」

自分で効果音を口にしながら、リビングに入ってきたのは――メイド服姿の結花。

黒いワンピースタイプのメイド服は、膝のあたりでスカートがふわっと膨らんでいて。

オーバーニーハイソックスとの間に、健康的な太もも――いわゆる絶対領域が生み出されてる。

白いエプロンドレスは、ふりふりの可愛いもので。

まっすぐおろした黒いロングヘアは、純白のヘッドドレスで飾られている。

髪の色。目の色。体格。全然違うはずなのに……。

まるで——メイド姿のゆうなちゃんみたいに、俺の目には映った。


「……どう、かな？　似合ってますか？　ご、ご主人様っ♪」

はにかみ笑いを浮かべながら、とんでもない殺し文句を放ってくる結花。

「あ、ちなみに本番はもっと、ロングスカートのメイド服着るからね⁉　遊くん以外に生脚見られるとか、さすがに恥ずかしいし……」

聞いたわけでもないのに、なんか言い訳をしてきたかと思うと。

結花は文化祭用に買ったトレイを片手に持ち反対側の手を……こちらに伸ばした。

「結花はいつだって、ご主人様に喜んでほしいから……精一杯、頑張りますっ！　だからこれからも、私……おそばにいても、いいですか？」

なんなの。悩殺しようとしてるの、この子は？

高校生男子の脳を破壊するような、凄《すさ》まじいシチュエーションのラッシュ。

「……だめ、かな？」

悶々《もんもん》とする気持ちを気合いで抑えていると、結花がぽつりと言った。

どこか不安げな、その声。

その、らしくない結花の声色に触発されたのか……俺は無意識に、結花の伸ばした手をギュッと握った。

「駄目なわけ、ないでしょ。ご主人様、はさすがに勘弁だけど……『夫婦』としてなら。これからも、そばにいて……ほしいよ」

「……ありがとう、遊くん」

俺の手を離したかと思うと――ふわっと。

結花は、俺の身体を強く、強く……抱きしめてきた。

急なことで驚きはしたけど。

俺もそれに応じて――結花の背中に手を回し、キュッと抱き返す。

「……昔の話、してもいいかな？」

「……うん」

「中学生の頃にね、私も……遊くんみたいに、不登校だった時期があったって、話したことあったじゃん？」

そうして結花は。

俺に抱きついたまま、『過去の傷』を——語りはじめた。

「勇海がさ。ちっちゃい頃の私は、結構やんちゃだったって、言ってたでしょ？」

「ああ、言ってたっけな。『私が一番！』みたいなタイプだったんだっけ？」

夏休みに見た、小さい頃の結花の写真を思い出す。

「まぁ、やんちゃさはさすがに、段々落ち着きはしたんだけど……とにかくお喋《しゃべ》りが大好きなのは、変わんなくてね？　小学生の頃も、中学に入ってからも、仲良しな友達とずーっと喋ってばっかの……『よく喋るオタク』だったんだ、私」

「その頃から結花、オタクだったんだね」

「遊くんだって、昔っからオタクだったって、言ってたじゃんよー。それと一緒！　アニメとマンガが大好きで、アレが面白かったねーって話したりとか、『私の考えた理想の展開』を熱烈に語ったりとか——」

私の考えた理想の展開⁉

なんか瞬間的に、黒歴史情報が聞こえたけど……脱線するからツッコむのはやめよう。

「まぁ、俺も中学の頃はオタク趣味全開で、陽キャぶって喋りまくってたから……なんとなく絵面《えづら》は浮かんでくるな」

「私は別に陽キャぶってないけどね⁉　ただ、趣味の合う友達と教室の隅で、毎日盛り上がってただけで……でも、うるさかったからなぁ。悪目立ちは、してたかもね」

そう、語ったのと同時に。

俺の背中に回されてる結花の手に――力がこもったのを感じた。

「中二の夏頃からかな。他のグループの女子から、なんていうか……ちょっかい出されるようになったんだよね。私たちが喋ってる近くでひそひそ何か言ったりとか、あからさまに私のことを避けたりとか。それまで関わったりなんて、ほとんどないグループだったし……なんとなく私が気に入らなかったとか。そんな感じなんだと、思う」

「それって……」

思わず叫びそうになった自分を、どうにか抑え込んだ。

『ちょっかい』って、結花は言ってるけど。

きっと実際は、そんな可愛《かわい》い言葉で済まされるものじゃなかったんだろう。

なんとなく気に食わないなんて、そんなくだらない理由で、結花は――クラスの女子から、嫌がらせを受けてたっていうのか。

「最初は我慢してたんだよ？　でもね、仲良しだった友達も、巻き込まれないようにって……話し掛けてこなくなっちゃって。それで、なんか……プツッて、糸が切れちゃった」

「……そっか」

こういうとき……うまい言葉が出てこないのが、我ながら情けない。

勇海とかならきっと、歯の浮くようなセリフでも吐けるんだろうな。あれがいいのかって言われると、ちょっと疑問だけど。

それでも、結花を不安にさせたくないから。

俺は何も言えない代わりに——結花を抱きすくめたまま、その小さな頭をゆっくりと撫《な》でた。

「……えへへ。遊くん、ありがと」

「ううん。お礼を言われるようなこと、何もできてないよ」

「そんなことないってば。遊くんはいつだって、私を……キラキラした世界に、連れて行ってくれるんだから」

それから結花は——不登校になっていた時期の話をしてくれた。

友達からも話し掛けられなくなって孤立した結花は、段々と学校に行くのも怖くなり、家にこもるようになった。

ラノベやマンガを読んだり、アニメを観《み》たりしてると、少しは気が紛れたらしいけど。

夜になると、何もないのに涙が出てきたりとか。

朝になると、急にお腹《なか》が痛くなったりとか。

そんな苦しい状態で、結花は……一年近く引きこもっていたらしい。

来夢《らいむ》にフラれて俺が引きこもってたのは、一週間くらい。

その程度で絶望したとか言ってたのか、俺。自分で自分が、恥ずかしくなる。

だって、俺の悩みが馬鹿らしくなるくらい――――結花の『過去の傷』は、とても大きなものだったから。

「そんな私を近くで見てたから……勇海が過保護になっちゃうのも、分かるんだよね。それくらい、あの頃の私ってひどかったから……」

「だからって、あんなイケメン男子みたいに振る舞う勇海も、勇海だと思うけどな」

「あははっ。そうなんだよねー。ああやって、女子を落として回るのは、お姉ちゃん的には自重してほしいんだよ。ほんと」

俺が軽口を叩《たた》くと、結花も気持ちがほぐれたのか、愚痴っぽく言い返してきた。

それから、結花はすぅっと息を吸い込んで。

ギュッとさらに強く、俺のことを抱きしめてきた。

「……中三の冬にね、『アリステ』のオーディションに参加したんだ。一年くらい引きこもってるのに、びっくりするでしょ？　親も勇海も呆《あき》れてたけど……一番辛《つら》い時期に元気をくれた、マンガやアニメみたいな『物語の世界』を、自分も作ってみたいって……本気で思ったから。で、受けちゃった！」

それからの結花は、勇気を出して……残り数か月だけ、中学校に通ったらしい。

そして気持ちに区切りをつけて、上京して。

一人暮らしをしながら、高校生活と声優業を両立するようになって。

そして——高二で急な結婚話が浮上し、今に至ると。

「……以上！　湿っぽい話をして、ごめんでした。それから……聞いてくれて、ありがとう。遊くん」

「ううん、こっちこそ……話してくれて、ありがとう。結花」

そして、どちらからともなく、俺たちはゆっくりと身体《からだ》を離した。

視線の先にいる結花は、暗い話の後だってのに……まるで一番星みたいに、輝く笑顔をしていた。

「なんでそんなにニコニコしてるの、結花は？」

「んーん。遊くん大好きだなーって、しみじみ思っただけっ！　しーみーじーみー」

「今の話で、そんな風に思う要素あった？」

「あるに決まってるじゃんよー。声優になったばっかでうまくいかなかった頃、私に勇気をくれたのは、『恋する死神』さん。そして今、私に幸せな毎日をくれてるのは、遊くん。そう考えたらなんか……やっぱり大好きだなーって、思うじゃん」

「いやいや。逆でしょ、逆。『恋する死神』に、生きる希望をくれたのが、ゆうなちゃん。そして今、騒がしいけど楽しい毎日をくれてるのが、結花。だから、俺の方こそ――」

「――俺の方こそっ⁉」

結花が食い気味に、キラキラした目を向けてきたもんだから。

急に気恥ずかしくなって、俺は言《い》い淀《よど》んでしまう。

「俺のー、方こそー？」

「い、いや……なんでもない。なんでもないから」

「だめでーす。ちゃんと答えるまで、帰れませーん」

「どこに帰るのさ。ここ、家だよ？」

「細かいことはいいのっ！　さ、早く言っちゃおー？　俺の方こそー？　結花のことがー？　……す？　……き？」

「どんな誘導の仕方なの⁉　っていうか、結花が勝手に言っちゃって――」

「あのさ。じれったいから、早く布団《ふとん》に行ってくんね？　マジで」

そうして、二人だけで話し込んでいると。

ふいに廊下の方から、憎たらしい肉親の声が聞こえてきた。

俺と結花は顔を見合わせてから、ゆっくりと視線を廊下の方に向ける。

そこには――仏頂面《ぶっちょうづら》の那由と、イケメンスマイルの勇海が、並んで立っていた。

「那由ちゃん。そういうのは、雰囲気が大事だからね。今みたいないちゃいちゃからはじまって、夜になるにつれて、燃え上がるものなんだよ。まぁ、那由ちゃんはまだ子どもだから、分からないかもしれないけど」

「は？　うざ、この雰囲気イケメン」

「ふ、雰囲気イケ……聞き捨てならないんだけど、それ」

なんか口喧嘩《くちげんか》しはじめたけど、それ後にしてくんないかな？

「那由、勇海……二人とも、いつからいたんだよ？」

「は？　もう十分近くだけど？　抱き合ったまま二人の世界……結構なこって。けっ」

「さすが遊にいさんですよね。結花にこんな、甘えた声を出させるなんて……『ちゃんと答えるまで、帰れませーん』なんて、あははっ……結花は可愛いなぁ」

「勇海、絶対馬鹿にしてるでしょ⁉　ばーか、ばーか！　もぉー‼　二人とも家に着いたんなら、声くらい掛けてよー！　恥ずかしいじゃんよぉー、もぉー‼」


――そんなこんなで。

文化祭前日の夜は、いつも以上に騒々しい感じで過ぎていった。

そして――明日はいよいよ、文化祭。

俺にとっても結花にとっても……最高の文化祭になるよう、頑張らないとな。

第18話　【開場】文化祭中の許嫁《いいなずけ》、心配しかない

「じゃあ、俺たちは先に出るから。那由《なゆ》と勇海《いさみ》、戸締まり頼むわ」

「……はい。いってらっしゃい」

そう言う勇海の顔色は、ひどく暗い。

昨日の夜は普通のテンションだったんだけど——勇海なりの空元気だったのかもな。

文化祭がはじまるのは九時から。

開場に向けた最後の準備があるから、俺たち生徒は七時に集合予定だ。

「それじゃ行こっか、遊《ゆう》くん」

ポニーテールに眼鏡の結花《ゆうか》が、制服を翻《ひるがえ》しながら言った。

結花もなんかテンションが低いけど……こっちは緊張してるのかもな。

学校行事も頑張ってみるって、勇海に言った結花だけど。

中学時代の結花が、学校で経験したトラウマは——決して小さなものじゃない。

結花が不安になるのだって、無理はないと思う。

「結花」

そんな結花の緊張を感じ取ったんだろう……勇海が心配そうに、呼び掛けた。

「結花……本当に、大丈夫なの？」

靴を履いて鞄《かばん》を持ってから、結花は勇海の方へと向き直る。

「もー……勇海は過保護だなぁ」

「心配にもなるよ。だって、中学の頃の結花は……」

言い掛けて、ぐっと言葉を呑《の》み込む勇海。

勇海が不安がる気持ちも……分かる。

俺だって昨日、結花から昔のことを聞いたとき、胸が張り裂けそうな思いがしたから。

もしもまた、昔みたいに学校で嫌な思いをして、結花の心が折れてしまったら。

もしもまた、結花の笑顔が消えてしまったら。

なんて……先回りして心配しちゃうよな。

「中学の頃の綿苗《わたなえ》結花は、もういないよ」

そんな重たい空気を切り捨てるように。

結花は、きっぱりとした口調で言って――笑った。

勇海の不安が伝染していた俺は、その言葉にハッとさせられる。

「もちろん、私は私だよ？　でもさ、ほら。身体だって、こんなにおっきくなったじゃん？　それと同じで、心だって……色んな人と出会って、色んなことを経験して、変わってきたの。だから——中学の頃の、泣いてばっかだった綿苗結花は、もういない」

「……結花」

それでも表情を曇らせてる勇海の肩を、結花はポンッと叩いて。

「もー、頑張るって言ったじゃんよ。だから……見ててよ、勇海。お姉ちゃんだって、成長してるんだぞってとこ！」

「うじうじすんなし、雰囲気イケメン」

「いたっ⁉」

そんなタイミングで、全然関係ない那由が、勇海の背中を容赦なくぶん殴った。

お前……せめてこういうときは、平手でパシンとかじゃない？　なんで拳でバキッてしたの？

「文句言うのは、本番見てからにしろっての。イケメンぶってるくせに、余裕なさすぎ。いつものテンションで送り出しなって。マジで」

「分かったよ……乱暴だな、那由ちゃんは」

妹同士で小競《こぜ》り合いをしてから。

勇海は、不安そうな表情のまま——結花のことを見つめて。

「もしも困ったら、遊にいさんに助けてもらうんだよ？　怖いときは、すぐに助けを求めるんだよ？　分かった、結花？」

「……はぁ。勇海、あんたって子は……」

「きも」

そして俺と結花は、二人で家を出た。

雲ひとつない、きれいな空。

さぁ、文化祭がうまくいくよう——気合いを入れ直さなきゃな。

◆

「おっしゃあー。気合い入れんよ、二年A組！」

文化祭のクラス代表・二原《にはら》さんは、朝から絶好調。

クラスメートたちを鼓舞しつつ、シフトの確認やらカフェで出す飲食物の最終チェックやら、縦横無尽に駆け回ってる。

「よっ、佐方《さかた》！　どうよ、調子は？」

「普通だよ。ちょっと緊張はしてるけど」

「そかそか。ま、緊張するくらい本気なら、よしっ！」

「なんだよ、よしって……」

「だって佐方、いい顔してるもん。中学の頃みたいに自然な表情してっから。お姉さん的には、嬉《うれ》しいってわけ！」

自然な表情？

あぁ、言われてみれば……そうかもな。

今回の文化祭は、色んな思いがこもってるからか――いつもより普通に、クラスの連中と話してたような気がする。

そこまで考えてから、俺はふっと浮かんできた疑問を、二原さんにぶつける。

「二原さん、まさかだけど……そこまで想定して、俺と結花を副代表に選んだの？」

高校に入ってから、やたらと俺に絡《から》んでくるようになった二原さん。

中学の頃は全然接点がなかったのに、なんでだろうって……ずっと不思議だったけど。

親しくなって分かったのは、来夢《らいむ》にフラれて以来、昔ほど社交的じゃなくなった俺に——また元気を取り戻させたいなんて。そんな風に思ってたってこと。

お節介というか、特撮好きが高じたヒーロー思考というか。

そんな二原さんのことだから。

ひょっとして、俺たちを選んだのにも、そこまでの考えがあったんじゃ……。

「や。うちが、そんな頭脳派なわけ、ないっしょ？　たまたまだね！　一緒にやったら楽しそうだなって佐方と結《ゆう》ちゃんを選んだら、思いのほか……満足な結果になった感じ‼」

全然違った。

普通に恥ずかしいんだけど、この勘違い。

そんな俺の羞恥に気付く様子もなく、二原さんは続ける。

「うちはさ、佐方が思ってるほど……格好いいヒーローとかじゃないって。今回だって、うちが二人と楽しい思い出を作りたかったからってだけの……ただのわがままだし」

でもね、と。

二原さんは、照れたように頰を掻《か》きながら、笑って言った。

「まぁ、偶然っちゃ偶然だけど……佐方と結ちゃんにとって、少しは良《い》い影響もあったんじゃんって、勝手に思ってはいるよ。ヒーローもそうだよね——思いもよらない奇跡が起こって、世界が救われたりすることも、あるかんね？」

二原さんらしい、めちゃくちゃな理論だな。

でもまぁ……確かに面倒くさくて仕方なかった、文化祭のクラス副代表だったけど。

これはこれで良かったのかもって、思えるようにはなったよ。確かにね。

「んじゃ、佐方。せっかくの文化祭……大成功で終えられるよう、がんばろーね！」

「ああ。取りあえず……ここまできたからには、最後までやりきるよ」

二原さんがグッと親指を立てて、朗らかに笑った。

そんな二原さんを見てたら——なんだか俺も、自然と笑ってしまった。

◆

「……お帰りなさいませ」

無愛想にそう言って、そのメイド少女は、バサッとメニュー表をテーブルに置いた。

ポニーテールに結った艶《つや》やかな黒髪を、小さく揺らして。

細いフレームの眼鏡を、カチャッと直しながら。

スカート丈の長い黒のメイド服に、白いエプロンドレスを纏《まと》ったクラシカルなメイドこと——綿苗結花は、つり目がちな瞳でお客さんのことを見下ろした。

「……ご注文は？」

「あ、え、えっと……コーヒーで」

「ホットで？」

「あ、はい……」

そうして注文を取り終えた結花は、ぎこちない動きで設営されたキッチンの方に来ると。

「コーヒー。ホットで」

淡々と無表情に告げて、次のお客さんのもとへと向かっていく。

そんな結花の姿を見て……キッチンのシフトに入ってる俺は、内心ハラハラしていた。

いや、だってさ？　他のクラスメートを見てみなよ。

二原さんの友達のギャルは、チアガールの格好でポンポンを振りながら、お客さんと軽快なトークをしてるし。

バレー部の名前も覚えてない女子は、ハロウィンで見かけるようなミニスカ魔女の格好で、お客さんの目を惹《ひ》いてるし。

二原さんは——教室の外で怪獣の着ぐるみを着て、めちゃくちゃ注目を浴びてるけど、あれは別枠だな。

とにかく……みんなコスプレ衣装を活《い》かして、喜んでもらえる接客をしてるわけだよ。

なのに、メイド服の結花ときたら。

「あ、すみませーん。そこのメイドさーん」

「…………何？」

お客さんの呼び掛けに、愛想《あいそ》の欠片《かけら》もない返事をして。

「眼鏡とメイド服のコラボ……これこそまさに、伝統的なメイドそのもの！　すごく似合ってるよ、君‼」

「別に」

お客さんが熱弁を振るっても、さらっと流して。

……こりゃあ、あれだな。

学校結花の——いつもの塩対応、絶賛発動中だわ。

「ううぅう……全然、だめだめだったよぉ……遊くうぅうん……」

俺も結花もシフトに入ってない時間帯。

ひとけのない校舎裏に移動すると、結花は目に見えてしょんぼりした。

まぁ、言っちゃなんだけど……すごい空気だったもんね。接客してるとき。

「はぁ……どうしよう？　私ってば、勇海に偉そうなこと言っちゃったのにぃ……」

「中学の頃の綿苗結花は、もういないよ――だっけ？」

「ぎゃあああぁ⁉　なんでわざわざ復唱すんの――‼　遊くんの、ばーか！」

落ち込んだり怒ったり、忙しいな。

その感じが接客でも出せればいいんだろうけど……自分も似たタイプだから分かる。そういうの、意識してできるもんじゃないよね。

そんなやり取りをしているさなか――ポケットの中で、スマホが振動した。

画面を見ると、那由からＲＩＮＥ電話がかかってきてる。

「もしもし、那由？」

『ワンコールで出ろし。世の中を、なんだと思ってんの？　……はぁ』

「お前こそ世の中をなんだと思ってんだよ……文化祭中なんだから、そんなすぐ出られるとは限らないだろ」

『は？　なに言い訳してんの？　政治家だったら、今ので辞任じゃね？』

「極論だな⁉　そこまでの失言はしてないだろ！」

電話の開始と同時に、斬り掛かってくる那由。

これが通常運転なの、いい加減どうにかなんないかな……まったく。

「で、もう学校か？　勇海は？」

『いるよ。ほれ、勇海。なんか喋《しゃべ》んなって』

『あ……えっと。あははっ……』

ぎこちない笑い声が、那由の隣から聞こえてきた。

いつもだったら、出店の女子生徒にイケメンゼリフでも吐いてそうなもんなのに……結花への心配で、それどころじゃないって感じか。

『ま、勇海はこんな感じ。で？　兄さんと結花ちゃんが二人ともシフトに入ってんの、何時なわけ？』

「ん？　えっと……十二時からのシフトだと、俺も結花も、接客してる予定だな」

『十二時か、もうすぐじゃん。ほら勇海、行くよ——って、逃げんな！』

『ぐぇぇ⁉　な……那由ちゃん、首！　首が、絞《し》ま……ってる、からっ‼』

『ビビって逃げ帰ろうとするからっしょ。あのさ、結花ちゃんが頑張るって言ったんだけど？　妹のくせに、それを確かめもせずに逃げ出すとか、馬鹿じゃん？』

「…………うぅ」

電話の向こうに聞こえないくらいの呻《うめ》き声を漏らして、結花がお腹《なか》を押さえる。

那由……お前のそれ、思いのほかプレッシャーになってるからな？

『遊にいさん……結花は本当に、ちゃんとやれてますか？』

電話口から聞こえる勇海の声は、いつもと違って、か細いものだった。

『結花がいつも以上に、本気なんだってことは……分かってるんですけど。実際にやってみたらだめだめで、自己嫌悪《けんお》で凹《へこ》んだりしてないかなって……心配で』

うん、大当たり。さすが実の妹、よく姉の特徴を摑《つか》んでる。

横で聞いてた結花なんか、的確すぎてずーんって、さらに落ち込んでるからな？

『シスコンすぎ。ウケる。結花ちゃんはあんたの、所有物かっつーの』

そんな勇海に向かって、那由がひどい煽《あお》り文句を口にした。

『ぐだぐだ言わずに、目で見て確かめろし。ぜってー、うまくいくって。もしうまくいかなかったら……兄さんを死刑にするし』

「なんで俺なんだよ⁉」

『うっさいな。とにかく、兄さんは結花ちゃんを、しっかり支えろし。それくらいできるって信じてんだから……マジで』

それだけ言い残して――プツッと。

那由は一方的に、通話を切りやがった。

まったく、言いたいことだけ言って……相変わらず勝手な妹だな。


「遊くん」

スマホをポケットにしまってから、顔を上げると。

ポニーテールに眼鏡な、学校仕様の結花が……まっすぐに俺を見つめていた。

学校で眼鏡をしてるとつり目で、家で眼鏡をしてないと垂れ目に見える結花だけど……

今は、どっちでもない感じ。

まるで――炎が燃えているみたいな。

決意のこもった瞳をした結花が、そこにはいた。

「文化祭はまだ、これからだもんね……泣き言なんて、言ってる場合じゃないや。中学の頃の綿苗結花は、もういないんだって――勇海に見せてあげないとだねっ！」

「……ああ、そうだな。一緒に最後まで頑張ろうな、結花」

声優になることを、選んだみたいに。

馴《な》れ初《そ》めはともかく、許嫁《いいなずけ》同士としてやっていこうって、選んだみたいに。

結花は、過去を振り切って……学校で一歩を踏み出そうって、選んだ。

そして、そんな自分を勇海に見せたいって――そう願ったんだ。


だから俺は、それを全力で支える。

折れないように、絶対に支えきってみせる。


そうじゃないと……『夫』だなんて、とても言えないからな。

◆

「おぉー！　いいじゃん、佐方ぁ。めっちゃ似合ってんよー‼」

バックヤードで着替えた俺を、二原さんがにやにやと見てる。

絶対からかってるでしょ、二原さん。

俺が着てるのは――いわゆるタキシード。しかも純白の。

ワックスを塗られた髪の毛は、オールバック仕様で……どこのホストだよって感じ。

正直、まるで似合ってる気がしない。

「ほらほら、綿苗さん。こっちおいでー‼」

「……何？」

二原さんに呼ばれて、結花がバックヤードに入ってくる。

結花の衣装は先ほどまでと同じく、クラシカルなメイド服。

長袖にロングスカートで、露出は控えめの清楚《せいそ》系な装《よそお》いだけど――ポニーテールに眼鏡な学校結花が着ると、なんだか本物のメイドって感じで、よく似合ってる。

「ねぇ、綿苗さん。佐方の衣装、似合ってるよねぇ？」

「……別に」

「結ちゃん、よく見て。今、バックヤードには……うちらしかいないよね？　ほい。正直、佐方の衣装……似合ってますか？」

「……好きー‼　きゃー、格好良くって目が潰れちゃうー‼　きゃーきゃー‼」

シャッとカーテンが開いて、バックヤードにマサが入ってくる。

「なんだ⁉　なんか今、変な声がしなかったか、遊一《ゆういち》⁉」

「変なのは、倉井《くらい》くんじゃないかしら」

結花がさらっと、ひどいことを言った。

っていうか、今の一瞬で、よく学校モードに切り替えられたね？

「あははっ！　倉井、何それー。めっちゃ、ウケるんだけどー‼」

「一人だけ、お化け屋敷《やしき》かしら」

そんなマサの格好は――ドラキュラだった。

ひらひらした真っ赤なワイシャツの上に、襟の大きな黒いマントを羽織って。

口元にはご丁寧に、模造品の牙まで付けている。

「へっ……分かってねぇな。二原も、綿苗さんも」

そんなドラキュラに扮《ふん》したマサは、なぜかふっと得意げな顔をした。

「俺の愛する、らんむ様はな。そのクールビューティさに合わせて、ライブステージに十字架やコウモリといった、ホラーチックなデザインを多用するんだ。だから俺は、ドラキュラになった！　すごい一体感を感じる……今までにない何か熱い一体感を……っ‼」

結構マジで、俺はお前のこと、オタクとして尊敬するよ。

「んじゃ、うちもいい加減……着ぐるみ以外で、張り切っちゃおっかね！」

話してるうちにテンションが上がってきたらしい二原さんは。

着ていた制服を……バサッと脱ぎ捨てた。

「な……二原さん⁉」

と言いつつも、俺の視線は限界を超えた速度で、二原さんの胸元へと移動した。

二原さんがワイシャツの下に着ていたのは――ピンクのレオタードだった。

両腕まで覆うタイプの、ぴっちりとしたレオタード。

太ももあたりにはスカート代わりに、ひらひらとした布地が付いていて……胸元はラテックスの生地の下から、たわわな実りが凄《すさ》まじい主張をしている。

俺とマサは、同時に「ほぉ……」と変な声を出してしまう。

「どうよ、これ？　格好良くない？」

「か、格好いい……？　いや、まぁ、そうかな？　なぁ、マサ？」

「あ、ああ。なんつーか、エロ……いや、いいと思うぜ！　俺はとても、いいと思う‼」

二原さん的には、戦隊のバトルスーツ的な感覚で、マジで格好いいって思って着てるんだろうな。さすがは特撮ガチ勢。

いや、いいと思うよ？　二原さんのニュアンスとは別な意味で、いいと思う。

「………いつまで遊んでいるの？　ふざけないで、男子」

ドスの利《き》いた声でそう言って、結花がバックヤードのカーテンを、シャッと開けた。

そんな結花に怯《おび》えたのか、マサはそそくさとカーテンをくぐって、外に出やがった。

ぴっちりレオタードの二原さんも、それに続く。

そして——唯一残った俺の方に、結花はくるっと向き直って。

「……ばーか。遊くんの、すけべ」

「ごめんなさい」

「……帰ったら、覚悟してよね？　き、きわどい格好で攻めて……私でドキドキ、させちゃうんだからっ」

怒られてるんだか、ご褒美《ほうび》の説明をされたんだか分かんないけど。

とにもかくにも、俺と結花は——揃《そろ》ってバックヤードから歩み出た。


時刻はちょうど十二時。那由と勇海も、おそらく来店するだろう。

——どうか、勇海の前で結花が、頑張ってるところを見せられますように。

心の中で、そう願ってはいるけれど……。

虫の知らせなのか——なんだか胸のざわつきが止まらない、俺だった。

第19話　俺たち史上、最大の本気で文化祭に挑んだ結果……

俺と結花《ゆうか》がシフトに入ってから——十分ほどが経過した。

十二時台は一番のかきいれどきだから、カフェフロアのシフト人数を多めに組んでいる。

他の時間帯が二、三人なのに対して、この一時間半は四人。

男子は、俺とマサ。女子は、結花と二原《にはら》さん。

忙しい時間帯だからこそ、結花の緊張感は……午前中以上だろうなって思う。

「いらっしゃいま——って、あれ？　ひょっとして、那由《なゆ》ちゃんか？」

「は？　きも。なんかドラキュラがナンパしてきた……勇海《いさみ》、警察呼んで」

「待て待て！　那由ちゃん、俺だよ！　倉井雅春《くらいまさはる》‼　日本にいた頃、遊一《ゆういち》のとこに遊びに行ったとき、会ってただろ⁉」

「うわ、やば……詐欺の手口じゃね、これ？　勇海、やっぱ警察だわ」

そんな忙しい時間帯だってのに、なんか妙なクレーマーがマサに絡《から》んでる。

俺はげんなりとした気持ちになりつつも、オーダーをキッチンサイドに伝えてから、マサのヘルプに入る。

「那由……お前、邪魔するんなら帰れよ」

「うわっ⁉　今度は変態タキシードが、威圧してきた！　何この店、こわっ」

「那由ちゃん、からかいの手口がえげつないよね……すみません、騒いじゃって」

「……けっ。なに大人ぶってんの？　これじゃ、あたしが迷惑な客みたいじゃん」

まさに迷惑な客だよ。

お前、人前じゃなかったらマジで説教タイムだからな？

「はぁ……ま、いっか。んじゃクラマサ、ドラキュラ頑張れし」

「ちゃんと覚えてんじゃねぇか、那由ちゃん⁉」

「それじゃあ、遊《ゆう》にいさ……遊一さん。案内を、お願いします」

「あ、うん……では、こちらのお席へどうぞ」

勇海は空気を読んで『遊にいさん』呼びを自重し、那由と二人でテーブルについた。

いつもどおり、へそが出るほど短めのTシャツの上にジージャンを羽織った那由は、ショートパンツから伸びる生脚を組み、ショートヘアが傾くくらいの角度で頬杖《ほおづえ》をついた。

やばいくらい、行儀が悪い。

一方の勇海は、相変わらず白いワイシャツに黒い礼装を纏《まと》い、黒のネクタイをタイピンで留めた執事スタイル。一本に結んだ髪と、青いカラーコンタクトのおかげで、おそらくこの部屋の誰よりもコスプレじみている。

「なぁ、遊一……那由ちゃんの連れてる美青年、彼氏か？」

「違う上に、多分そんなこと直接言ったら、那由に殺されるぞ」

そう思うのも無理はないけど、要らぬ血を流してほしくないから、一応の説明をする。

結花の妹――って話すとややこしいので、そこは伏せて。

俺と那由の共通の知り合いで、二原さんから今回のコスプレカフェのアドバイザーをお願いされた、男装女子……って感じで。

「へぇ……普通にイケメン男子かと思ったけど、女子なんだな。でも、なんかあの子……そわそわしすぎじゃねぇか？　明らかに挙動が不審だぞ？」

うん。今日の勇海が、不審者っぽい動きをしてるのは、すごく分かる。

理由は言えないんだけどな……ごめん、マサ。

「やっほ！　那由っち、勇海くん‼」

そんな二人のもとに――ピンク色のぴっちりレオタード姿の二原さんが、向かった。

那由も勇海も、さすがに想定外の格好だったんだろう……一瞬、動きが止まる。

「……二原ちゃん。えっと、ここ十八禁の店なわけ？」

「なぁに言ってんのさー、那由ちゃんは！　てか、二原ちゃんって呼び方、いいね‼　今後もその呼び方で、よろー」

「……桃乃《もも の》さん。僕の色んなアドバイスを聞いた上で、どんな変遷でそんな格好に？」

「メイド服とか、チアガールとか、魔女っ子だとか……女子がみんな、可愛《かわい》い服を着てっからね！　一人くらい、格好いい系を着て、盛り上げちゃうかーって」

「格好……いい……？」

「なに言ってんの、このギャル。こわ」

そんな――冷え切った空気の那由&勇海のテーブルに。

一人のメイド服の少女が、すっと水を運んだ。

「お帰りなさいませ」

「……ありがとう、ございます」

勇海は何かを言い掛けたけど、コップを受け取ると、すっと視線を落とした。

那由はそんな結花と勇海の様子を、ぼんやりと眺めてる。

「……ご注文は、いかがいたしますか？」

「じゃ、あたしカフェオレで。勇海は？」

「あ、うん……ブラックコーヒーを」

「どちらも、ホットでよろしいですか？」

　やや事務的な口調だけど……午前中の硬さを考えると、結花なりに頑張って接客してるって感じる。勇海の前だからってのも、あるんだろうけど。

　オーダーを取った結花が、キッチンに注文を伝えに行く。

「ねー、こっちの店、見てこーよ！」

　ちょうどそのときだった。

　金髪ロングの女の人と、黒髪にパーマを掛けた女の人が、二人で店内に入ってきたのは。

「お帰りなさいませ」

　結花が深々とお辞儀をして、席に案内する。

　二人とも濃いめの化粧をしてて、ネイルとかアクセサリーとかもバリバリで……なんかすっごい、パリピ感。

　そんなパリピのところに、結花が注文を取りに向かった。

　大丈夫かな……結花が接客するには、難易度が高そうなお客さんだけど。

「……ご注文は、いかがいたしますか？」

　ガタッと、俺の後ろで椅子の動く音がした。

「勇海、座れし」

ガッと、今度は何かがぶつかった音がした。

後ろを見ると——立ち上がった勇海に向かって、那由が押したテーブルをぶつけていた。

勇海は攻撃を受けた腹部を押さえながら、苦悶《くもん》の表情のまま、よろよろと着席する。

「……那由ちゃん。さすがに今のは、ひどくない？」

「は？　勇海が余計なこと、しようとしたからっしょ。ぜってー今、結花ちゃんを助けに行こうとか考えてたし。過保護すぎ、マジで」

何やってんだあいつら……なんて、ぼんやり思っていると。

「えー、この服、可愛いー。ねぇねぇ、これ彼氏の前とかでも着たりすんの？」

金髪の方の女の人が、オーダーを取ってる結花に向かって、へらっと軽口を叩《たた》いた。

それに同調して、黒髪の女の人も結花に絡みはじめる。

「ねぇねぇ、うちら、この高校の卒業生なんだわー。可愛いメイドさん、ちょっとくらいサービスしてよー」

「……と、言いますと？」

「あははっ！　じょーだんだって。そんなマジな感じじゃなくていいから、もっと笑いなよー。地味すぎるって、それじゃあー」

その言葉に、結花の表情が――サッと固まったのを感じた。

「あー、でもこーいう子、あたしらの頃もいたよね？　確か二年のとき？　ぜーんっぜん、笑わないタイプの……名前、なんだっけ？」

「え、分かんない。いたっけ？　うち、物覚え悪いからなぁ。英語もろくに覚えらんないのに、絡みの少ない同級生とか、記憶できるわけないっしょー」

固まる気持ちは、痛いほど分かる。だって、このパリピ二人の空気は多分……。

結花が不登校になった中学時代を……どことなく、思い出させるものだろうから。

早く助けないと。そう思った俺は、慌てて駆け寄ろうとして。

――本当にそれでいいのかって、踏み留まった。

ここで結花を助けるのは、簡単だ。

傷つかないように、俺が代わりに接客して、あの二人から遠ざければ済むんだから。

でも……学校で一歩を踏み出したいって、そう決意した結花を。

本当にそれで――支えたって言えるのか？

「ちょっ⁉　勇海、だから立ち上がんなって……」

「できるわけないだろ、そんなこと‼」

店内に響くほどの大きな声で、勇海が那由に向かって叫んだのが聞こえた。

振り返ると、服の裾を引っ張ってる那由を振り切って、今にも飛び出しそうな勢いを見せている勇海の姿があった。

きゃぴきゃぴ盛り上がっていたパリピ二人組も、何事かとざわついている。

そんな様子を見て……俺は覚悟を決めて、強く踏み出した。

「お客様、どうかされましたか？」

そして、俺は純白のタキシードを翻《ひるがえ》し。

勇海の正面に立つと――恭《うやうや》しく、お辞儀をした。

◆

目の前に現れた俺に対して……勇海は一瞬、キッと睨《にら》みを利《き》かせてきたけど。

渋々といった調子で、いったん席に座り直した。

「えー、なんだろー今の。こわー」

「メイドさーん、めっちゃ怖いから、ここはスマイルで盛り上げてちょうだいよー」

「あ……え、えっと……」

またパリピが結花に絡み出したのを見て、勇海は苛立《いらだ》たしげに言う。

「……やっぱり行かせてください。僕が結花を、助けるから」

そうやって再び立ち上がろうとする勇海の肩を――俺は、グッと押さえた。

「……何するんですか？　離してください。そうじゃなきゃ、遊にいさんが……結花を助けてください」

焦《あせ》りとか憤《いきどお》りとか、色んな感情が入り交じった勇海の顔。

そんなに心配するくらい、お姉ちゃんのことが好きなんだな……勇海は。

だけど――――。

「いや。俺は……結花を、助けない」

「……は？　ふざけてるんですか？　あなた、結花の『夫』になる人なんでしょう？　困ってる結花を助けもしないで、何が『夫婦』なんですか……っ！」

「なんでも手を貸すだけが、『夫婦』じゃないだろ？」

ピタッと——勇海の動きが、止まった。

そんな勇海に向かって、俺は静かに、言葉を続ける。

「俺だって、本当は……すぐにでも助けに行きたいよ。結花が辛《つら》そうな顔をしてるのなんて、見たくないから。だけど——結花は。自分が頑張るところを、勇海に見せたいって。中学の頃の綿苗《わたなえ》結花じゃないところを、見てほしいって。そう言ったんだ。だから——俺がやるべきことは、お前と一緒に……ここで結花を、見守ることなんだ」

「……結花が、失敗するかもしれないのに？」

「失敗したら、全力で励ますよ。成功したら、一緒にめちゃくちゃ喜ぶ。そうやって、誰よりも一生懸命な『嫁』を支えてみせるよ——『夫』としてな」

「……遊、にいさん」

言葉を失ったように、黙り込む勇海。

だけど、その視線は……まっすぐ、大切な姉の方へと向けられている。

「メイドさーん、回ってよー」

「笑いなってばー。絶対、笑った方が可愛いからさー」

勇海の件など忘れたように、再び盛り上がってるパリピ二人組。

俺たち以外のクラスメートたちも、「さすがに止めた方がよくない？」なんて、ざわつきはじめている。

「………私はっ‼」

――そのとき。

透き通るようなきれいな声が……俺の胸に響いた。

「私は……コミュニケーションを取るのが、下手くそで。普段から、こんな感じで……あんまりリクエストに応えられなくて、ごめんなさい。だけど――このカフェは、クラスのみんなで頑張って準備した、大切な場所なんです。なので……」

言い淀《よど》みながら。

だけど、落ち着いた口調で言い切ると。

綿苗結花は、眼鏡のレンズ越しに――ふっと、穏やかに微笑《ほほえ》んだ。

「……どうぞ、楽しんでくださいね？　お嬢様」

「……あ、えっと……」

「……え、かわい……」

結花のその佇《たたず》まいに、パリピ二人組も思わず言葉を失っていると。

「――おぉ！　岡田《おかだ》と山田《やまだ》じゃないか‼　卒業して以来だなぁ‼」

静寂をぶち破るような、大声を上げながら。

我がクラスの担任――郷崎熱子《ごうさきあつこ》が、教室に入ってきた。

その後ろには、郷崎先生を呼んできたらしい、二原さんの姿がある。

「……ご、郷崎先生じゃん！」

「うわぁ！　めっちゃ郷崎先生ぇ‼　ウケるくらい変わんないー‼」

なんか郷崎先生のことを知ってるらしい二人は、嬉《うれ》しそうな声を上げた。

そんなパリピたちを、郷崎先生は――ガッと、抱きしめる。

「……浪人生活、辛くないか？　ごめんな。先生がもっと、力を貸してあげられてたら」

「ち、違うよ。だって、高校の頃にちゃんと受験勉強しなかったの……あたしらだもん」

「うちら、馬鹿だけど。めっちゃ頑張ってるから……絶対、いい結果出すから。見守っててよ、先生！」

思いのほか、郷崎先生に気を許している空気のパリピ二人組。

こういうタイプの生徒の方が、案外相性が良かったりするのかもな。郷崎先生。

「……無事に解決したみたいで、良かったわぁ」

そんな俺に、二原さんがこそっと耳打ちしてくる。

「あの先輩たち、なーんか見覚えあったからさ。去年、三年生の担任してた郷崎先生なら、知ってっかなーって。んで一応、なんかあったとき用に、声掛けに行ってたんだけど……要らない心配だった感じだね？」

「……いや。いざってときのために動いてくれる友達がいて……ありがたいよ」

人知れず手を打ってた、その感じ――ヒーローっぽいよ、二原さん。

「すごいね、綿苗さん！　本物のメイドさんみたいだった‼」

「綿苗さん、あんな風に笑うんだねぇ！　ドキッとしちゃったよぉー」

「別に」

なんだか盛り上がってるクラスメートたちに、いつもの塩対応をかますと。

結花は勇海たちのいるテーブルのそばに立って、俺のことをじっと見つめてから。

深々と――本物のメイドのような、お辞儀をした。

「ありがとう、佐方《さかた》くん……助けないでくれて」

「ううん。綿苗さんなら、頑張れるって信じてたから」

「……自分で頑張るって、決めてたから。観《み》に来てくれた人のためにも、いつも支えてくれてる人のためにも――自分が変わったところを、見せたかったから。一人で頑張らせてくれて……本当に、良かった」

それだけ言ってから。

結花は腰をかがめて、目の前の一人の少女に向かって、小声で尋ねた。

「……勇海。どうだったかな。私……少しは変われてたかな？」

そんな結花の問いに、小さく頷《うなず》いて。

勇海は――今にも泣き出しそうな声で、答える。

「ごめんね、結花。結花は、もう……自分の足で立てるように、なってたのに。僕は……そんなこと、分かろうともしないで……」

「んーん。私こそ……頼りないお姉ちゃんで、ごめんね？」

周りに人がいるから、距離を取ったままの結花だけど。

きっと本当は、抱きしめたいくらい勇海が愛《いと》おしいんだろうなって。そう思った。

「勇海。私はね、昔よりちょっとは強くなったし……そばで支えてくれる、素敵な未来の旦那さまとも出逢《であ》えたから。お姉ちゃんは、もう大丈夫。だからね……もう私を護《まも》るために頑張る勇海じゃなくって……勇海自身の人生を楽しむ勇海に、なってほしい。それが、お姉ちゃんとしての——お願い」

「……うん。大好きだよ……お姉ちゃん」

涙の滲《にじ》んだ瞳を、ごしごしと拭うと。

勇海はすっと立ち上がり——乱れていた執事服を整えてから、一礼をした。

「結花を……お姉ちゃんを、これからもよろしくお願いします。遊にいさん」

——こうして。

めちゃくちゃ大きなハプニングはあったけれど。

みんなで力を合わせて、頑張ってきた今回の文化祭は。

俺と結花にとって、これまでの人生で一番……最高のものになったと思う。

第20話　【超絶朗報】俺の許嫁《いいなずけ》、夜の教室でとびっきりの笑顔を見せる

出し物の片付けが概《おおむ》ね終わったところで、文化祭を締めくくるブラスバンド部による演奏がはじまった。

グラウンドに集まって、がやがや盛り上がってるみんなを横目に見ながら——俺は、長いようであっという間だった文化祭に、思いを馳《は》せる。

「佐方《さかた》くん」

隣を見ると、そこには相変わらずポーカーフェイスな学校結花《ゆうか》が立っていた。

眼鏡の下の瞳は、なんだか少し潤んでるような気がする。

そして結花は……ゆっくりと校舎を見上げた。

「楽しかったね……すっごく」

「……ああ。楽しかったよ、本当に」

そんな言葉を交わしあって。

俺と結花は並んで、ただ静かに、ブラスバンド部の演奏に身を委ねた。

そして——曲が終わると。

「……二人ともぉ！　めっちゃ、ありがとねぇ‼　うち……ほんっと楽しかったよぉ！」

急に後ろから、二原《にはら》さんが俺と結花の肩に腕を回して、のし掛かってきた。

って、めちゃくちゃ号泣してるし。

まぁ、無理もないか……今回、うちのクラスで一番頑張ってたの、二原さんだもんね。

「はい、二原さん。ハンカチ貸すから、涙を拭いて」

「うぅ……ありがとぉ……結《ゆう》ちゃん、大好きぃぃぃ‼」

「気安く結ちゃんとか、呼ばないで」

普段は結ちゃんって呼ばれて、ニヤニヤ喜んでるくせに。

色々あったけど、やっぱり学校での結花はお堅いままだなぁって、苦笑いしてしまう。

そして俺は、ポケットからスマホを取り出して、ＲＩＮＥのトーク画面を開く。

『兄さん、おつ。勇海《いさみ》が泣いててうっさいから、さっさと帰って来るべし』

『遊《ゆう》にいさん。今日は本当に、ありがとうございました！　結花のことを、これからもどうか……よろしくお願いします』

ポチッと、スマホの画面を消した。

気が付けば、グラウンドに残ってる生徒たちの数が、まばらになってきている。

陽もすっかり落ちたし、二人を待たせても悪いから、そろそろ俺たちも帰るかな。

そう思ってた矢先に――ポンッと、結花が俺の肩を叩《たた》いた。

「……綿苗《わたなえ》さん？　どうしたの？」

「あ……いえ。えっと……佐方くん。大変、申し訳ないのだけど」

なんだか言い淀《よど》みながら、学校にしては珍しく、ほんのり頬を赤くした結花は。

――意を決したように、言った。

「教室に忘れものしたから。一緒に……来てくれない？」

さっきまでコスプレカフェに使ってたのが嘘《うそ》みたいに。

教室には机と椅子がきちんと並んでいて……まるで文化祭が夢か何かだったみたいに感じてしまう。

「……遊くん。お待たせしましたー」

ぼんやり教室を見回してたら、ふいに声を掛けられて、慌てて結花の方を向く。

――そこにいたのは。

髪の毛をほどいて、眼鏡を外して。

家にいるときみたいな、穏やかな笑みを浮かべて、席に座ってる結花だった。

「えっと……なんで、その格好？　っていうか忘れ物は？」

「えへへっ。何か、物を忘れたわけじゃないんだなー、これが」

「……ん？　嘘だったって、こと？」

「嘘ってわけでも、ないんだよなー」

何これ、禅問答なの？

わけが分かんなくて首を捻《ひね》ってる俺に、結花が手招きをする。

促されるまま隣の席に座ると――結花はゆっくりと、教室の上の方へ視線を動かした。

「……私の忘れものはね。中学の教室に、あったんだ」

まるで、ゆうなちゃんみたいに、透き通る声。

そして、いつも以上に優しげな、静かな湖畔のように穏やかな微笑《ほほえ》み。

色んな結花が混じり合って――ひとつに溶けていく。

「あの頃はね、学校に行くのが……とにかく怖かった。怖くって、毎日のように泣いてて、家の中にこもってて。それで……きっと中学の頃にいっぱい作れたはずの思い出を、教室に置き忘れてきちゃった」

でもね、と。

結花は大きく伸びをすると――俺の方に、再び向き直った。

「今日の文化祭が、本当に楽しかったから……少しだけ、前に踏み出せた気がしたから。だから、もう……置きっぱなしで、いいやって。これからもっと、たくさんの思い出を作っていくから、忘れものしたままでいいやって……思えたんだ」

「……そっか。じゃあ、これからは目一杯、楽しまないとな」

「うん！　遊くんと……一緒にねっ」

――ちゅっ。

「………な!?」

急なアプローチに驚いて、俺はそのままガタンッと、椅子から転げ落ちてしまう。

そんな俺を見て、結花は「あははっ！」って笑いながら。

ゆうなちゃんみたいな、いつもの無邪気な結花みたいな――いたずらっぽい顔をして、言ったんだ。

「これからたくさん、素敵な思い出を作ろうね。世界で一番、大好きな……遊くんっ！」

☆和泉《いずみ》ゆうなのお仕事情報☆

はぁ～……楽しかったなぁ、文化祭！

私はギュッとクッションを抱きしめると、余韻に浸りながらリビングのソファにごろんってした。

遊《ゆう》くんはお風呂《ふろ》ー♪　遊くんが出たら、私の番ー♪

「もう、結花《ゆうか》。そんなだらしない格好してたら、遊にいさんに嫌われるよ？」

――むかっ。

「遊くんはこんなことで、私を嫌ったりしないもんっ！　勇海《いさみ》ってば小姑《こじゅうと》みたい‼」

「小姑！　ウケる、小姑‼　マジ小姑‼」

「ごめん、那由《なゆ》ちゃん……本気で黙ってくれるかな？　さすがに怒るよ？」

那由ちゃんの挑発に乗って、勇海は眼鏡の下の目尻をつり上げた。

そんな勇海の部屋着は、レース付きのピンクと白のワンピース。

個人的には男装してる勇海より、こっちの可愛《かわい》い勇海の方が、好きなんだけどなぁ。

「そういえば、勇海。お父さんとお母さんは、元気にしてるの？」

ごろごろとソファを転がりつつ、私は勇海に聞いてみる。

「母さんは変わらないね。『結花、許嫁から法に触れることされてないかしら⁉』とか、相変わらず過保護だよ。あははっ」

うわぁ……もう、お母さんってば。

っていうか笑ってるけど、お母さんの過保護さ、絶対に勇海に遺伝してるからね？

「はぁ……お父さんは？　そういえば、最初に勇海が家族で挨拶に来るって言ったとき、遊くんすっごい緊張してたんだよ？」

「あははっ。父さんは仕事が忙しいからね……なかなか都合が合わないみたい。会いたい気持ちは、あるみたいなんだけど」

「ふーん。でも、実際会ったって、遊くんとの結婚を決めたのはお父さんだしね。ドラマとかでよくある『お前などに、娘は渡さーん！』的な展開は、絶対ないわけだから……遊くんも、そんなに心配しなくていいのにね？」

「あー……うん。まぁ、そうだねー」

そんな、他愛《たわい》もない会話をしていると。

——ピリリリリリッ♪　って。

私のスマホから、ＲＩＮＥ電話の音が鳴った。

「え？　誰だろ……って、らんむ先輩⁉」

私は慌ててスマホを片手に廊下に飛び出ると、背筋を正してから電話に出た。

「お疲れさまです、和泉ゆうなです‼」

『夜分に失礼するわ。ゆうな、少しだけ大丈夫かしら？』

「は、はい！　もちろん‼」

うひぃ……緊張するよぉ。

同じ声優事務所の、紫ノ宮《しのみや》らんむ先輩。同い年くらいだし、デビュー時期だって半年も離れてないんだけど……とにかく、貫禄《かんろく》がすごいんだよね。

すっごく尊敬、してるんだよ？　でも電話越しだと……やっぱりビクッてしちゃう。

『まずはおめでとう。貴方《あなた》にとって、これが飛躍になることを願っているわ。ただ……私の足を引っ張らないよう、本気で挑んでもらわないと困るとだけは、言っておくわ。くれぐれも「弟」にかまけて、声優業を疎《おろそ》かにすることがないように――』

「え？　えっと……あの！　らんむ先輩……なんの話ですか？」

――ピタッと。

電話の向こうのらんむ先輩の声が、聞こえなくなった。

それから、しばらくして。

『……ゆうな。今度のイベントの話……マネージャーから、聞いてないの?』

「は、はい。ひょっとしたら……今日、用事があって、ずっとスマホの電源を切っていたので。その間に、連絡があったのかも」

『そう……それじゃあ、またマネージャーから聞いてちょうだい』

「え⁉ いや、そこまで言われたら気になりますよ! 教えてください、らんむ先輩‼」

『……いえ。こういうのは、きちんとマネージャーから聞いてちょうだい……筋を通すことは、大事だと思うから。ただ、まぁ……とても楽しみにしてる、とだけは伝えておくわ』


──プツッ。

あぅ……さすがはらんむ先輩。本当に教えてくれなかったよ……。


なんだろう? らんむ先輩、イベントの話って言ってたけど。新しいお仕事?

分かんないけど──らんむ先輩に、楽しみにしてるって言われちゃった!

よーっし! 今日は学校で頑張ったから、今度は……声優業の方も、頑張るぞー‼

あとがき

【朗報】ＰＶ＆コミカライズ＆グッズ販売など、話題沸騰中！

いつも本当に応援ありがとうございます。氷高悠《ひだかゆう》です。

『【朗報】俺の許嫁《いいなずけ》になった地味子《じみこ》、家では可愛《かわい》いしかない。』――『じみかわ』改め『地味かわ』。皆さんの熱烈な応援のおかげで、こうして三巻発売となりました！

冒頭のとおり、伊藤美来《いとうみく》様が結花《ゆうか》役を演じるＰＶ公開、『月刊コミックアライブ』様でのコミカライズ企画進行中、『新宿マルイアネックス　メディコスショップ』様でのポップアップコーナー開催決定など……初めての経験がたくさんで。この三巻では、特典付き限定版まで発売していただいて。皆さまの『地味かわ』愛に、感謝するばかりです！

また、デビュー八年目になる氷高ですが、実は今回が『刊行十冊目』……そして初めての『三巻』という、記念すべき本となりました‼

たくさんの方々に結花たちが愛されているのを感じて、本当に嬉《うれ》しいです。

今後も楽しいシリーズ展開になるよう、精進して参りますね。


……ここからは三巻のネタバレを含むので、あとがきから読んでいる方はご注意を。

三巻から本格登場となった、一癖も二癖もある結花のきょうだい・綿苗勇海《わたなえいさみ》。

普段はイケメン男装コスプレイヤー、だけど素の彼女はちょっとポンコツで結花相手に空回ってばかりの――ああ、結花の妹だなぁという、ギャップバリバリの子です。

那由《なゆ》、桃乃《ももの》に続いて、そんな勇海も加わり、ますます加速していくドタバタラブコメですが……今回は結花の『過去』もテーマのひとつになっています。

過去の苦悩、今の幸せ。色んな思いを抱いて、結花が一歩を踏み出していく――そんな姿を、ぜひ温かく見守っていただけましたら幸いです。


それでは謝辞になります。

たん旦《たん》さま。「同じメイド服でも、学校と家でこうも違うか」と唸らされる、結花のギャップが見事な表紙でした。勇海や那由のカラーイラストに、結花の可愛いしかない多数のイラストにと……今回も本作を盛り上げてくださり、本当にありがとうございます！

担当Tさま。様々な企画も含めて『地味かわ』を盛り上げていただき、ありがとうございます！　本作ができるまでの裏話など、いつかどこかで語る場があるといいですね‼

本作の出版や発売に関わってくださった、すべての皆さま。

創作関係で繋《つな》がりのある皆さま。友人、先輩、後輩諸氏。家族。

そして、読者の皆さま。

たくさんの方々の応援のおかげで、記念すべき十冊目をこの『地味かわ』で迎えられて、本当に嬉しく思っております。いつもありがとうございます！

また、コミカライズの連載に先駆けて、遊一役に石谷春貴《いしやはるき》様を迎えたボイスコミック＆プレ連載が公開となりますが、椀田《わんだ》くろさまの可愛いしかないイラストで紡がれるコミック版『地味かわ』……本当に楽しみです！　小説もコミック版も、どうぞ応援よろしくお願いいたします‼

『地味かわ』を読んだ皆さまの毎日が、少しでも楽しいものになりますように。

それではまた、次巻でお会いできるのを楽しみにしております。

氷高　悠

お便りはこちらまで

〒一〇二‐八一七七
ファンタジア文庫編集部気付
氷高悠（様）宛
たん旦（様）宛

富士見ファンタジア文庫

【朗報《ろうほう》】俺《おれ》の許嫁《いいなずけ》になった地味子《じみこ》、家《いえ》では可愛《かわい》いしかない。3

令和３年９月20日　初版発行
令和４年10月５日　４版発行

著者――氷高《ひだか》悠《ゆう》

発行者――青柳昌行

発　行――株式会社KADOKAWA
〒102-8177
東京都千代田区富士見2-13-3
0570-002-301（ナビダイヤル）

印刷所――株式会社KADOKAWA

製本所――株式会社KADOKAWA

※定価はカバーに表示してあります。
●お問い合わせ
https://www.kadokawa.co.jp/（「お問い合わせ」へお進みください）
※内容によっては、お答えできない場合があります。
※サポートは日本国内のみとさせていただきます。
※Japanese text only

ISBN978-4-04-074256-4 C0193 ◆◇◇

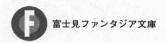

切り拓け！キミだけの王道
ファンタジア大賞
原稿募集中！
賞金
《大賞》300万円
《金賞》50万円
《銀賞》30万円
選考委員
細音啓「キミと僕の最後の戦場、あるいは世界が始まる聖戦」
橘公司「デート・ア・ライブ」
羊太郎「ロクでなし魔術講師と禁忌教典《アカシックレコード》」
ファンタジア文庫編集長
前期締切 8月末日
後期締切 2月末日
公式サイトはこちら！ https://www.fantasiataisho.com/